JN166825

警視庁特例捜査班

幻金凶乱

矢月秀作

角川文庫
21761

目次

プロローグ

竹本茂子《たけもとしげこ》は、広い和室にいた。猫脚の座卓前に置いた座椅子に深くもたれ、うなだれていた。

座卓の向かいには、スーツを着た若い男女が座っていた。

一人は髪を短くきれいに刈った少し浅黒い好青年風の男だ。もう一人は黒髪を一つに束ねた日本的な顔つきの優しそうな女性だった。

二人は微笑んでいた。

しかし、茂子との間に穏やかな空気感はない。ぴりぴりとして重い沈黙が漂っていた。

「茂子さん。お約束しましたよね」

女が切り出した。

「今度、私たちがお伺いした時には、私たちが提案する仮想通貨に投資していただけると。私たちはその言葉を信じて、茂子さんに多くの通貨を買っていただけるよう、準備を整えたんです。なのに、今更投資はしないと言われても、私たちも困るんです」

「そう言われてもねえ……。このところ、仮想通貨はなんだかトラブルが多いでしょ。

私も余裕があるわけじゃないから。大事な生活資金でもあるからねえ」

茂子が言う。

男が口を開いた。

「茂子さんのご心配はお察しします。ですから、私たちは不安を払拭《ふっしょく》できるよう、確実な仮想通貨を選んで、茂子さんに提案したんです。値動きを見ていただいてもわかると思いますが、ビットコインとは違って、私たちの選んだ仮想通貨はそれほど変動していないはずですよ」

終始笑顔を崩さず、優し気な口調で諭すように語りかける。

が、茂子は顔を上げない。

迷ったり、悩んだりしている様子ではない。やんわりと二人を拒否している雰囲気だった。

「お孫さんに、会社設立の資金を出してあげたいと言っていたじゃないですか。私たちが選んだ銘柄は、変動幅は小さいものの、投資していただければ確実に利益を出せます。年利八―十パーセントで運用できます。今時、そんな投資先はありませんよ」

「孫の話もねえ。よく考えてみると、私がそこまでする必要もないんじゃないかと思ってね。あの子の親がすればいいことだから。私は余生を送るためのお金があればいいのよ。七十歳も過ぎたから、よくても、あと二十年も生きてないでしょうしね。だったら、今の資金で十分だし」

「茂子さん、今は人生百年の時代ですよ。七十歳になった今だからこそ、残り三十年を見越した投資はしておくべきです。これ以上先になれば、投資すらできなくなって、八十、九十になった時に困ることになります。茂子さんね。私たち……いえ、私は、茂子さんのことを心配して話をしているんですよ。うちの祖母も茂子さんと同じように手堅く生きていました。私はその生き方を悪いとは思っていませんでした。むしろ、しっかりしていると思っていました。けど、予期せぬ病に倒れて、治ったのはいいけど、治療費で大事に貯《た》めていた金はなくなって、その後は爪に火を点《とも》すような生活になって、挙句に、生活保護を受けるようになりました。そのまま死んでしまったんですけど。知ってます？　生活保護受給者の最期って？」

男が畳みかけていく。

「葬式は出せないんです。福祉課から火葬代が出るところまでが生活保護なんでね。骨となった故人をどうするかは勝手なんですが、火葬が終わるまでは、遺族の自由にはできないんです。私は言ったんですよ。祖母がかわいそうで、いくらでも出すから、葬式をさせてくれと。けど、それはかないませんでした。強行しようとしたんですが、祖母が通っていた病院の主治医や民生委員の方に止められました。葬式を強行すると、金があったんじゃないかと見られ、不正受給を疑われるそうなんです。冗談じゃないですよね。でも、そういうシステムになっているんだそうです。私は泣く泣くあきらめました。祖母には霊前で謝りましたよ。葬式も出してあげられなくてごめんね、と」

男は唇を噛《か》んでうつむき、軽く拳《こぶし》を握った。

深呼吸をして、顔を上げる。

「私はね。茂子さんに、そんな惨めな思いをしてほしくないんですよ。だから、しつこいと思われるかもしれませんが、一所懸命、ご提案申し上げているんです。なんとか、投資していただけませんか。このとおりです」

男は座卓から離れて、土下座をした。

「私も同じ思いです。お願いします」

女も座卓から少し離れ、深々と頭を下げる。

「ちょっと、広田《ひろた》君も理世《りよ》ちゃんも、顔を上げて」

茂子は戸惑った様子で声をかける。

しかし、二人は顔を上げない。

「いや、ほんとに困るわ……」

茂子がおろおろする。

二人はじっと頭を下げていた。

茂子は、少しの間、あたふたしていた。が、やがて深いため息をついてうなだれた。

そして、顔を上げ、茶を啜《すす》る。

「わかりました」

茂子が言う。

二人は顔を上げた。

「投資していただけるのですか？」

女が上体を起こし、茂子に笑顔を向けた。

「ごめんなさいね、理世ちゃん。投資はできません」

茂子はまっすぐ、女を見つめた。女の表情が強《こわ》ばる。

男も顔を上げる。茂子は、二人の顔を交互に見た。

「広田君もごめんなさい。もっと早くに、お断わりしておけばよかったんだけど、つい、二人と話すのが楽しくて、断われなかったの」

「私たちの提案が不十分でしたか？」

男が言う。

「いいえ、提案は魅力的だったわ。広田君や理世ちゃんが私の人生設計を真剣に考えてくれていることもよくわかった」

「なら――」

理世が口を開きかけたのを、茂子が遮った。

「でもね。申し訳ないけど、あなたたちの会社を調べさせてもらったの」

茂子の言葉に、二人の顔から笑みが消える。

「ずいぶんとトラブルが起こっているみたいね。中には、投資した金額のすべてを失った人もいると聞いたわ」

「それは、お客様が私たちが止めるのも聞かずに、乱高下する通貨に投資してしまったためです」

男が言う。

茂子は微笑んで、首を横に振った。

「広田君。私も、あなたたちを信じてあげたいの。でもね、私も投資に関しては素人じゃないので、元本保証や高金利を謳《うた》うところはとりあえず調べるのよ。そして、自分で確信が持てないところには投資しない。トラブルは広田君の言うとおり、顧客の独断が招いたことかもしれない。ただね。たった一件でもそうしたトラブルが発生するところって、あとで必ず、破綻《はたん》するの。そういうリスクのあるところに、私の大事な生活資金は預けられない。これが私の結論よ。本当にごめんなさい。あなたたちといろいろお話しできたのは楽しかったわ。ありがとう。広田君、理世ちゃん、今の会社はお薦めしない。早く辞めた方がいいと思う。また別の投資会社に入った時、お話持ってきてくださいな。あなたたちのお話は、最優先で考えるから」

茂子は深い笑みを目尻《めじり》に刻んだ。

「……わかりました。今まで、私たちの提案にお付き合いくださって、ありがとうございました」

男が頭を下げた。

「ううん。私の方こそ、お役に立てなくてごめんなさい」

茂子が言う。男は微笑んだ。

「いえ、私たちのことまで案じていただいて、ありがたいです。すみません、トイレをお借りしてもいいですか？」

「どうぞ」

茂子が笑みを返す。

男は障子戸を開け、廊下を出た。トイレのある方へ向かう。

「理世ちゃん、本当にごめんね」

「いえ」

女が笑みを向ける。

「今の会社に勤めて、どのくらい？」

「二年くらいです」

「そう。まだ、続ける気なの？」

「そのつもりです」

「私は辞めることをお勧めするわ。今まで破綻してきた会社と同じようなニオイがするの。あなたも広田君もまだ若いんだから、こんなところで働かなくても、すぐに別の会社が見つかる。なんだったら、私が知り合いを紹介してもいいのよ」

「ありがとうございます。でも、今のところは気に入っているんです。儲《もう》かるから」

女は片笑みを覗《のぞ》かせた。

障子が開いた。男が入ってくる。障子をピタリと閉じると、男はそのまま茂子の後ろへ回り込んだ。

座椅子の後ろにしゃがみ、茂子の喉元《のどもと》に左腕を巻いた。軽く絞め上げる。

「広……田君……！」

茂子が左腕を握る。

「通帳と印鑑はどこだ？」

「何を――」

「どこだと訊《き》いてるんだ」

広田は乱暴な口調で言った。

「広田君！　こんなことして……。理世ちゃん、止めて！」

茂子は女に救いを求めた。が、女は冷ややかに茂子を見返した。

「だから、さっき言ったでしょ？　この仕事は儲かるから好きだって」

「理世ちゃん……」

茂子の瞳《ひとみ》に絶望の色が滲《にじ》む。

「さっさと言え」

男はさらに首を絞めた。

茂子の相貌《そうぼう》が歪《ゆが》む。たまらず、男の腕を叩《たた》く。男は腕を緩めた。

「この家に誰もいないことは確かめた。ドアの鍵《かぎ》も閉めてきた。電話線も抜いた。叫んだら、助けが来る前におまえの人生は終わる」

　また、腕に力を籠《こ》めようとする。

　茂子はあわてて腕を押さえ、口を開いた。

「隣の部屋の仏壇の下」

　男は女を見て頷《うなず》いた。

　女が立ち上がり、ふすまを開けて隣の部屋に入る。仏壇があった。下の小引き出しを開ける。通帳と印鑑が蓋《ふた》のない箱に収められていた。

　女は箱ごと取り出し、座卓の前に戻った。座って、箱の中の通帳をすべて取り出す。中をぱらぱらと見る。目を瞠《みは》った。

「すごいじゃない、茂子さん。全部で二億はある。一人じゃ、こんなに使いきれないでしょう？　私たちが使ってあげる」

「それはやめて！　私の老後資金なの」

「二億もいらないでしょ。ゆうちょの一千万もあれば十分よ」

　女はバッグの中からクリアファイルに入った書類を取り出した。

　契約書だった。

　女が茂子の前に差し出す。

「住所とか、もう印刷してあるから、金額と名前を書いて」

　ペンも差し出す。

「さっさとしろ、ばばあ」

男が首を絞める。

茂子は腕を叩いた。顔は蒼《あお》ざめて瞳はおびえ、唇は震えていた。

「ビビって、震えた字で書くんじゃねえぞ」

男が言う。

茂子は仕方なく、サインを始めた。

「金額は一億九千万。ちゃんと大字《だいじ》で書いてね。投資慣れしてるから、そのくらいわかると思うけど」

女はぞんざいな口調で言った。

茂子は言われるとおり、書き進めた。

金額とサインが入ったところで、女は契約書を取り上げた。銀行への提出書類にも名前を書かせる。すべての書類に必要事項を書かせた後、女は勝手に印鑑を捺《お》した。

全部の作業が終わり、女は契約書をバッグに片づけた。印鑑と通帳も箱に入れ、仏壇下の小引き出しに戻す。

「ご契約、ありがとうございました」

女は首を傾け、頭を下げた。

男が茂子から離れる。

「ありがとうございます。茂子さんなら、私たちの思いをわかってくれると思っていました」

　男は口角を上げた。

「そうだ、茂子さん。この契約については、クーリングオフは利きませんから。それと、私たちの口座に資金が入らないよう、銀行から現金を引き揚げるというのもなしですよ。もし、うちの口座に金が入らなかった時は、大事なお孫さんがどうなっても知りませんからね」

「何をする気なの！　孫に手を出したら、許さないからね！」

　茂子が男を睨《にら》んだ。

「私も、あなたがこの契約を破棄したら許しません。あなたが余計な真似をしなければ、丸く収まることですから。くれぐれも契約を反故《ほご》にするようなことはしないでください」

　男は言い、カバンを取った。

　女も立ち上がる。

「では、今後とも良いお付き合いを」

　二人は頭を下げ、和室を出た。足音が遠のき、玄関ドアの開く音がした。

　ドアが閉まり、しんとなる。

　茂子は座卓に顔を伏せ、声を押し殺してさめざめと泣いた。

第1章

1

「一之宮《いちのみや》室長。アップルハウスファンドの内偵、いけそうなところまでは固まりましたが、どうしますか？」

若い男性捜査員が祐妃《ゆうき》のデスクの前に立ち、訊いた。

祐妃はハイバックチェアに深くもたれ、長い脚を組んで、タブレットを見つめていた。栗色のウェーブヘアを時折指の背で撫《な》でる。

「うーん。もう一つ、弱いかもしれないわね」

胸下に腕を回し、眉根《まゆね》を寄せる。

「しかし、今踏み込まないと、主犯格に逃げられるかもしれませんよ。手じまいしそうな気配もありますから」

「それも困るね……」

祐妃が唸《うな》る。

一之宮祐妃警視正は、警視庁の組織犯罪対策総務課の附置機関であるマネー・ロンダリング対策室の室長を務めていた。

以前は、組対五課の銃器捜査第一係に籍を置いていたが、仮想通貨の流行とともにマネーロンダリングへの懸念が増し、洗浄された資金は銃器の密輸密造にも使われるおそれがあることから、対策室へ異動となり、資金源を断つ捜査の責任者を任された。

現在、祐妃の下で内偵を進めているのは、〈アップルハウスファンド〉という投資会社だった。

社員は十名ほどの小規模な会社で、仮想通貨取引の仲介を行なっている。

規模は小さいが、実際に扱っている金額は五千億円を超え、代行手数料収入も月に数十億を超えていた。

金額の大きさもさることながら、対策室が重要視したのが、この会社の代表取締役社長である三《み》輪谷敬《わたにたかし》という男だった。

現在、四十五歳になる男だが、一時期、栃木県宇《う》都宮《つのみや》市に拠点を持つ指定暴力団〈桐生金城《きりゅうきんじょう》一家〉に籍を置いていたことがある。

十五年前、桐生金城一家は、同じ地域を根城にする同系列の別の組といざこざを起こした。

半年後、手打ちとなるが、その際、三輪谷は自らが責任を取って一家を去り、堅気となった。

その後、シンガポールへ渡り、わずかな資金で細々と株やFX取引を行なっていたが、リーマンショックで大暴落した株を買い漁り、日経平均が二万円を超えたところで売り抜け、巨万の富を得た。

個人資産は百億とも噂されているが、その全容はつかめていない。

当初、組対四課は、三輪谷の動向を注視していた。組を抜けてすぐ、海外へ出たからだ。滞在先で金融取引をしていたことも、偽装ではないかという疑いを濃くしていた。

特に、リーマンショック時に大量の株式を購入した多額の資金は、三輪谷の当時の取引履歴からは到底生み出せないものだった。

しかし、借金をしたという事実もない。

組対四課は、三輪谷が違法薬物の密輸や銃器の密売などの違法行為で儲けた金を洗浄しているのではないかとみて、内偵を進めた。

が、そうした事実は特定できず、違法行為に手を染めている様子もなかったことから、二年で打ち切りとなった。

以降、三輪谷の存在は、捜査当局の記憶から薄れていたが、マネー・ロンダリングの捜査をしていたところ、三輪谷がタックスヘイブンにマネージメント会社を設立していたことが判明した。

さらに、その顧客の中に、企業舎弟が疑われる会社名や社長の名があったことから、祐妃たちマネー・ロンダリング対策室や組対四課の目に留まることとなった。

アップルハウスファンドの仮想通貨取引自体に違法性があるわけではない。

ただ、アップルハウスファンドが資金洗浄の舞台に使われているとなると、話が違う。万が一を考え、祐妃たち対策室チームは組対四課と合同で内偵を始めたが、調べるほどに、さらにその可能性が高くなった。

そして、三輪谷以下、複数の首謀者や協力者、実働を請け負う社員などを特定した。

まだ、確たるマネー・ロンダリングの証拠が見つかったわけではないが、彼らに姿をくらまされては、これまでの捜査も水の泡となる。

「斉木《さいき》君」

祐妃が目の前の若い刑事に声をかけた。

「なんでしょう？」

「摘発まで、あと何日待てる？」

「そうですね……。手じまいといっても、今日の明日《あした》というほどのスピードではないでしょうから、一カ月、二カ月といったところでしょうか」

「検挙は少し待ってちょうだい。私に考えがある」

「どうするつもりですか？」

「君たちは知らない方がいいわ。主犯格の動向を見張って、所在を明らかにしておいて」

「承知しました」

斉木は、渋々頷《うなず》いた。

デスクの前から離れる。

祐妃はデスクの電話を取った。内線を鳴らす。すぐさま、相手が出た。

井岡貢《いおかみつぐ》警視総監だった。

「総監。ちょっとご相談したいことがあるのですが、これからお伺いしてもかまいませんか？　はい、わかりました。すぐそちらへまいります」

祐妃はタブレットを取って、席を立った。

2

祐妃は総監室のドアをノックした。

「どうぞ」

奥から声が聞こえた。

「失礼します」

祐妃は中へ入った。

制服を着た井岡は、執務机の前の応接ソファーに座っていた。

祐妃は向かいのソファーの脇に立った。

「急にお時間をちょうだいして、すみません」

「君の相談は、放っておくとろくなことにはならんからな」

井岡が苦笑する。

「まあ、座りなさい」

向かいのソファーを指す。

祐妃はソファーに浅く腰かけた。

「で、相談とは？」

「この報告書を見てほしいのですが」

祐妃はタブレットにアップルハウスファンドの捜査報告書を表示させ、井岡に差し出した。

井岡が受け取り、指でスクロールし、報告書を流し読みする。

「元桐生金城の人間か」

三輪谷の名を見る井岡の目が鋭くなる。

井岡は報告書を読み終え、タブレットを置いた。

「そこにもあるように、強引に引っ張ることはできますが、もう一つ決定打がありません。検挙したところで、公判は維持できないでしょう。彼らを検挙し、さらにその周辺にも迫るには、もう一段深い内偵が必要です」

「そうだが、どうする？　作業班に協力を仰ぐつもりか？」

「いえ、こういう潜入にうってつけのチームを知っていまして」

祐妃が意味ありげな笑みを見せる。

考えていた井岡が顔を上げた。

「そんなチームが……」

「おいおい、まさか」

双眸《そうぼう》を見開く。

「そういうことです」

祐妃が笑みを濃くした。

「それは許可できん」

井岡が頭を振る。

「総監。事態は急を要します。それに、ここで仮想通貨に関係するマネー・ロンダリングの手法や組織を解明しておくことは、後の組対の捜査に大きく役立つデータにもなります。新しい手口だからこそ、いち早く、確度の高い情報を得ておく必要があります」

「それはそうだが、とはいえ、二度も元犯罪者たちを捜査に参加させるのはな……」

井岡が渋った。

「彼らはもう一般人です。外部協力者ということにすれば、問題ないと思いますが」

「万が一、トラブルが起これば、前回の件も調べられるぞ。さすがにそれは、私もかばいきれない」

「大丈夫です。こんなお願いをする以上、覚悟はできていますので」

祐妃はまっすぐ井岡を見つめた。

井岡は祐妃を見返した。祐妃の視線は揺るがない。

井岡が深くため息をつき、うなだれた。

「こうなると無理だな……。期間は？」

「最大二ヵ月。一ヵ月半くらいで終了させようと思っていますが」

「できるだけ、早く切り上げてくれ。周りが気づかんうちにな」

「わかりました。ありがとうございます」

「頼むぞ……」

井岡は意気揚々と出ていく祐妃を見て、天を仰いだ。

3

沢村遼《さわむらりょう》は、都内の高級レストランの個室にいた。

右隣には年配のマダムがいた。料理の匂いもわからなくなるほど、塗りたくった化粧と香水の香りが濃い。でっぷりとした体には少し小さいドレスの紐《ひも》が、今にも切れそうだ。

常人だったら同席しているのも少々きつい状況だが、沢村は平然とした顔で微笑みを浮かべていた。

「いやあ、やはり、奥様とご一緒すると、食事がおいしい」

沢村は笑みを向け、レアに焼いたステーキを口に運ぶ。

「あなた、本当においしそうに食べるわね」

マダムが脂ぎった唇に笑みを滲《にじ》ませる。

「奥様と一緒だからですよ。このワインもたまらないですね」

沢村は滑らかにお世辞を口にした。

「どうぞ、奥様も」

赤ワインをグラスに注ぐ。ボトルが空いた。

「昼からこんなに飲んでいいのかしら」

「イタリアやスペインでは当たり前の光景です。気にせず、さあ」

沢村はグラスを持ち上げた。マダムがグラスを手に取る。

「僕と奥様の素敵な時間に」

グラスを合わせる。透き通った音が室内に響いた。

ワインを含みつつ、ちらっとマダムの顔を見る。ワインを飲み込んだマダムの瞳《ひとみ》が潤んできた。

グラスにあてた唇の端がかすかに上がる。

マダムは京町加寿子《きょうまちかずこ》という七十歳の女性だ。着付けの師範で、京町流という教室を全国で展開している京町グループの総帥だ。マダムというのは、加寿子の愛称だった。

が、マダムと呼べるのは、加寿子が認めた者だけ。陰で加寿子のことをマダムと呼んでいるのがバレると、幹部であろうと地位を剝奪《はくだつ》され、京町グループはおろか、業界からも追放される。

沢村は、二年前から中森幸一《なかもりこういち》という名前で着付け教室に通い、加寿子に接近する機会をうかがっていた。

そして、三ヵ月前、ようやく幹部会のパーティーに招待され、接見の機会を得た。一度、直接会ってしまえば、こっちのもの。巨大グループの頂点に立つ孤独な熟女を丸め込むことなど、沢村にとっては赤子の手をひねるようなものだ。

沢村は、初対面の時にメールアドレスを聞き出し、それから毎日のように〝相談〟と言いながら、艶《つや》っぽいメールを送っていた。

初めは、まったく反応がなかった。

が、一ヵ月も続けていると、返事が返ってきた。

どういうつもりでラブレターとも取れそうなメールを送ってくるのか。少々怒ったような返事だったが、それこそ、沢村が待っていた反応だ。

沢村は加寿子への好意を示しつつ、非礼を詫《わ》び、それからピタリと連絡を絶った。

ここが勝負どころ。相手からの連絡が来るまで、ひたすら待つ。ここで焦って、沢村から連絡をしてしまえば、加寿子の心は捉《とら》えられない。

連絡がなければ、仕込みが失敗したということだ。必要以上の経費をかけることもない。

はたして、二週間後に加寿子からメールが来た。

一度、会いたいという。

沢村は快諾した。

そこから、共に食事をするようになった。全国を飛び回っている加寿子だったが、東京へ戻ってくると必ず、沢村を誘うようになった。

沢村は、若い恋人に接するような態度で加寿子に接した。

加寿子の顔がみるみる変わっていくのがわかった。

初めは沢村のことを怪しげに見ていた瞳が、そのうち緩んで輝くようになり、ようやく潤むようになってきた。

つまり、最初は嫌いだった男に好意を持つようになり、ついには抱かれたいと思うようになった、という単純な恋愛展開だ。

もう少しで落ちるな……。

腹の中でほくそ笑む。

沢村が狙っているのは、京町グループが持っている品川《しながわ》駅近くの土地だった。

東京オリンピックを控え、空き地となっている当地を買収し、ホテルを建てる構想を練っているディベロッパーから依頼された案件だ。

加寿子は、ビジネスに関してはシビアだった。当然、品川駅近くの空き地も、より高額で売ろうとしている。

ただ、現在の都市開発の活況も、オリンピック前まで。祭典が終われば、建設業界の祭りも終わるのは必至だ。

業者としては、法外な値で買うにはリスクが大きすぎる。

かたや、加寿子としては売らずに塩漬けにしていてもかまわない。売れなければ、自社ビルを建てて教室を作ればいい。または土地そのものを貸してもいい。

立地がいい分、いろんな儲《もう》け方がある。

それだけに、業者の希望する値段で土地を手放させるのは難しい。

その話をたまたま耳にした沢村は、ディベロッパーに、自分が加寿子を口説いて適正価格で売らせると申し出た。

成功報酬は買値の五パーセント。十億で売らせれば、五千万円になる。太いしのぎだった。

どうしても加寿子が拒む時は、現社長の長男を丸め込めばいいとも考えていた。

「マダム、今日、この後の予定は？」

「やだ。そんなこと聞いて、どうするつもりよ」

熟しすぎた両眼がぎらりと輝く。

食べたものをすべて吐き出しそうな恐怖を感じたが、沢村は目を細めた。

「決まっているじゃないか、加寿子」

小声で言った。

下の名前を呼んだとたん、加寿子の潤みが濃くなった。

落ちた──。

片笑みを滲ませた時だった。

突然、人が入ってきた。スーツを着た男二名だ。加寿子の潤みがふっと引いた。

「誰ですか！」

加寿子が甲高い声で怒鳴る。

「突然、申し訳ありません、京町さん。こういう者です」

男たちが身分証を差し出した。

「刑事部捜査二課の永江《ながえ》です」

中年の男が言う。

二課と聞いて、沢村の顔が強《こわ》ばった。

「何の用です？」

加寿子は目尻《めじり》を吊《つ》り上げ、永江を見た。

「この男を逮捕しに来ました」

「逮捕？　中森君を？」

「ほう、中森というんですか、この男」

永江がじっと見据える。

沢村は顔をうつむけ、視線を逸《そ》らした。

「中森君、この場で令状を執行しようか？」

「いえ、何かの間違いだと思いますので。マダム、ちょっと席を外させてもらってもよろしいですか？」

「ええ。早くしてちょうだい」

「すみません」

沢村は小走りで部屋を出た。

永江たちが続く。

沢村はそのままレストランを出た。人気のない通路の隅へ向かう。永江たちもついてきた。

歩きながら、沢村は記憶を辿《たど》った。

警察の捜査に協力して釈放されて以来、大きな仕事はしていない。小さい詐欺はしなかったといえば嘘になるが、相手の生活に支障のない範囲で一時的に借りているだけだ。訴えられるような事案はないはずだが……。

頭をひねる。

沢村は立ち止まった。振り返ろうとする。が、問答無用に腕をねじ上げられ、手錠を嵌《は》められた。

「ちょっと待って！　永江さんだっけ？　令状も示さないでいきなり逮捕というのは、違法じゃないの？」

抗《あらが》おうとする。

　しかし、すぐにベルトをつかまれた。

「黙って歩け」

「おたくら、ほんとに刑事？」

「本物だ。いいから、黙って従え」

　永江は言い、エレベーターホールまで沢村を引っ張っていった。

　そのまま、地下二階の駐車場に降りる。ドアが開くと、永江は右手のCスペースの一番奥まで歩いた。

　黒いワンボックスカーが停まっていた。

　永江がスライドドアを開ける。中を覗《のぞ》き、声をかけた。

「連れてきましたよ」

「ありがとう」

　女性の声が聞こえた。聞き覚えのある声だ。

「こういうのは二度と勘弁してくださいよ、警視正」

「そちらの捜査に便宜を図るよう手を回すから。このことは内密によろしく」

　女性が言う。

　永江がドアから離れる。もう一人の刑事が手錠を外し、背中を軽く押した。

　つんのめり気味に足を踏み出す。

　中を覗いた。

「あんたか……」

沢村は渋い顔をした。

中で待っていたのは、祐妃だった。

4

沢村を乗せた黒いワンボックスカーは地下の駐車場を出て、都心の幹線道路を走りだした。

信号で停まる。沢村はドアロックに指をかけた。

「どこへ行くつもり？」

横にいた祐妃が沢村を見やる。

「別に悪さをしたわけじゃないんだから、どうしようと自由でしょう」

「そう」

祐妃は手元に置いたバッグから紙片を取り出した。沢村の太腿《ふともも》に置く。

沢村は手に取った。途端、目を丸くする。

「なんだ、こりゃ？」

逮捕状だった。

「そういうこと。あなたが今、ここで降りて姿をくらませば、逃走とみなして、二課総出であなたの行方を追うことになる」

「オレ、そこまで悪いことはしてないですけど」

「そうかしら？　あなたが私の下から解放された後の五年間に起こした詐欺まがいの行為はほとんどつかんでいるんだけど」

「見張ってたのか。汚ねえなあ……」

沢村は渋い表情を覗かせた。

「あなたが赦免された後、まっとうに生きていればよかっただけじゃない？」

祐妃がさらりと返す。

沢村は言葉が出なかった。

「で、どうすりゃいいんですか？」

少々ふてくされた顔で訊《き》く。

「手伝ってほしいことがあるの」

「また、警察に協力しろと言うんですか？」

「端的に言えば、そういうこと。選択肢は二つ。一つは、私たちに協力して、事件解決に尽力すること。もう一つは――」

「あー、わかってますよ。協力します」

沢村はドアロックにかけた指をひっこめ、座り直した。

「ずいぶん素直ね」

「前と同じじゃないですか」

苦笑する。

五年前、詐欺罪で服役中、釈放と引き換えに、祐妃が捜査していた銃器密造事件の捜査に協力した。

その時も協力するか否かの選択を迫られたが、協力を拒める雰囲気ではなかった。

ならば、協力するふりをして表の世界に出て、そのまま逃げようかとも思ったが、祐妃にはその思惑も筒抜けで、逃げた場合、国際指名手配にするとまで言われた。

今回もおそらく、二重三重と逃げられないような手を打っているだろう。

断わるという選択肢はなかった。

「で、何をすりゃあいいんですか？」

沢村が訊く。

祐妃はタブレットを出した。事案のファイルを表示し、沢村に渡す。

沢村は指でスクロールし、事件内容を記したＰＤＦファイルに目を通した。

「仮想通貨取引？　一之宮さん、銃器第一じゃなかったでしたっけ？」

沢村はタブレットに目を向けたまま言った。

「今は、マネー・ロンダリング対策室にいるのよ」

「そうでしたか。なら、納得」

沢村は一度最後まで目を通し、今度は最終ページからトップページへ逆スクロールを始めた。

「このアップルハウスファンドって会社、典型的な詐欺集団ですね」

「そう思う？」

「ええ。金融商品で元本保証を謳《うた》うところは間違いなく詐欺です。ただ、この会社を詐欺罪で摘発するのは難しいですね」

「どういうところが？」

「普通、こういう会社は、実際の取引をせず、得た金を取り込むものですが、この会社には取引実態がある。取引記録があると、問題はあっても詐欺罪には問えないでしょう」

「よくわかっているわね」

「まあ、こう見えても、そっちの道はプロなもんで」

沢村は悪びれもせず言った。

「今、一之宮さんがマネー・ロンダリング対策室にいるということは、この会社が資金洗浄していると疑っているわけで、それをオレに調べてほしいというわけですね」

「察しがいいわね」

「小学生でもわかりますよ」

沢村は小さく笑い、ため息をついた。

「でも、オレだけじゃ無理ですよ」

「わかってる。例のチームを復活させる予定よ」

祐妃が微笑む。

沢村は驚いて、祐妃を見やった。

「例の……って。飛花《あすか》さんや村越《むらこし》さんも一緒ということですか？」

「そう。再結成ね」

「いやいや、それは無理でしょう。光野《みつの》はたぶん、警察の手伝いをしているだろうから大丈夫だとは思うけど、飛花さんや村越さんが戻ってくるとは思えない」

「あなたが説得するのよ」

「オレが！」

沢村は人差し指を自分に向けた。

「あなたはこのチームのリーダーだもの」

「冗談じゃない。光野はともかく、他の二人がどれほど厄介か、一之宮さんも知ってるはずですよ」

「知っているから、あなたにお願いしているんじゃない。もちろん、報酬は出すわよ」

祐妃が言う。

報酬、という言葉に、沢村の目尻《めじり》がぴくっと蠢《うごめ》いた。

「前回と同じく三百万円。成り行きによっては、五百万まで出してもいいと思っているところ」

祐妃が淡々と言う。

沢村は押し黙った。

京町加寿子の件では、ずいぶん出費をした。品川の土地を手に入れられれば太い報酬を得られたが、こうなっては加寿子に取り入るのは難しく、このままではこれまでの費用がすべて損失となる。

ここは、祐妃の提案に乗ってもいいか。だが、安売りはしたくないな。

沢村は様々な思いを巡らせ、車に揺られた。

5

車は環八《かんぱち》から井《い》の頭《かしら》通りに入って北西へ進み、井の頭恩賜公園近くの路地を入った。公園近くの一軒家の駐車場に車を滑り込ませる。

「ここは？」

沢村が訊いた。

「光野君が暮らしている家よ」

「あいつ、一軒家に住めるほど稼いでいるんですか？」

「サイバー班の要請があった時は、ここで情報の解析も行なうので、警視庁の分室のような扱いね」

祐妃が言う。

沢村は車を降りた。祐妃も反対側のドアから下車する。

駐車場を出て、外から門柱を潜って階段を上がり、玄関へ歩いた。祐妃はインターホンを鳴らした。

——はい。

少し甲高い、耳に馴染《なじ》みのある懐かしい男の声が聞こえてきた。

「一之宮です」

——すぐ開けます。

光野が言うと、ドアロックがカチャッと音を立てた。縦バーを引いて、ドアを開ける。玄関は広かった。右には奥へ進む廊下があり、左手にはトイレや風呂《ふろ》へ向かう廊下と二階への階段がある。

祐妃はスリッパを取り、二組出した。玄関から左手へ進む。手前にはキッチンダイニングがあったが、誰もいない。

二人は二階に上がり、最奥のドアをノックする。

「開いてます」

光野の声がした。

ドアを開ける。祐妃が中へ入る。沢村は中を覗《のぞ》いた。

「なんだ、こりゃ？」

思わず、立ち止まった。

二十畳はあるだろう広々としたフローリングの部屋だ。が、四方の壁はパソコンやサーバーで埋め尽くされている。

カーテンを閉め切った窓際にデスクが置かれていた。レーシングカーのシートのような背もたれの高いゲーミングチェアがあり、デスクの上にはモニターが二段で六つも並べられていた。

天井のライトは薄く灯《とも》っているだけだが、パソコンのモニターやサーバーのLEDの明かりで部屋は眩《まぶ》しかった。

右端にシングルマットレスが置かれていた。毛布はよれていて、枕もマットの下に転がっている。空になったジュースのペットボトルも何本か放置されていた。

「ちょっと待ってくださいね」

光野は振り向きもせず、モニターを見つめていた。

沢村は光野の後ろに近づいた。モニターを覗き込む。黒い画面に英数字が並んでいる。

「何やってんだ？」

声をかけた。

「マイニングしているんですよ。最近はビットコインを掘るのは難しいんですけど、久々に掘り当てられそうで……。きた！」

光野が顔を上げた。

眼鏡を押し上げ、何やら操作し、大きく息をついて背中を深くもたせかけた。

顔を傾ける。

「あっ！　沢村さんじゃないですか！　いつ来たんですか？」

光野は瞳《ひとみ》を輝かせた。

「いや、さっきからここにいたんだが。話しかけてもいるんだが」

沢村は苦笑した。

「すみません。集中すると、周りの状況がわからなくなるんで」

「相変わらずだな。しかし、玄関の鍵《かぎ》は開けたじゃないか」

「ああ、これです」

光野はデスクの端に目を向けた。

小さなモニターとスイッチがあった。

「誰かが訪ねてきた時は、そこのスイッチを押してロックを解除するんです」

「こんなので大丈夫なのか？」

「はい。顔認証と声紋認証を行なっていて、判定可にならなければここでは操作できないんです。たとえば、関係のない女性が一之宮さんの名前を名乗っても、判定不可となってここからは操作できません。一之宮さんは雇い主なので、僕がいない時は特別に自動認証でロック解除できるんですが、他の人は無理です。宅配便などは取りに出ますけどね」

「つまり、ほとんどここから動かないというわけか」

「はい。動く必要ないですから」

光野は笑った。

光野高之《たかゆき》は、銃器密造事件で共に捜査を行なった元受刑者だ。小デブで色白、眼鏡をかけていて目が細く、地味な男だが、眼鏡を取られると見えない不安から相手を刺し殺さんばかりの勢いで暴れてしまうという特殊なメンタリティーを持っている。

元々パソコンオタクで、事件解決後は祐妃の提案で、サイバー犯罪の捜査に協力していた。

「すごい部屋だな。そういえば、ゼウスは？」

訊《き》いてみる。

光野は自分のパソコンを〝ゼウス〟と呼び、こだわっていた。しかし、沢村が知っているパソコンは見当たらない。

「初代ゼウスは引退したんですよ。がんばってくれましたけど、さすがにスペックが追いつかなくなったんで。あ、捨ててませんよ。ちゃんと保管してます」

「じゃあ、これが二代目か？」

沢村が部屋を見回した。

「はい。〝ゼウス改〟です」

得意げに鼻を膨らます。

なぜ〝改〟なのか気にはなるが、説明が長そうなので、沢村はあえて訊かなかった。

「ところで、ビットコインのマイニングをしていると言っていたな。それがそうか？」

黒い画面に並ぶ白い文字列を見つめた。

「そうです。近頃はＧＵＩが主流ですが、僕はこの文字列の感じが好きなので、ＣＵＩでやってるんです」

「ふうん、そうか」

何を言っているのかわからなかったが、沢村は生返事をした。

「採掘できたのか？」

「はい。といっても、〇・〇〇〇〇二ＢＴＣですけどね」

「いくらになるんだ？」

「今のレートだと一ＢＴＣが九十万くらいだから、十八円くらいですね」

「はあ、こんな機械を使って掘り出して、たったの十八円か」

「僕は別に儲《もう》けようとは思っていないんです。ビットコインはマイナー……採掘者が多くなって、ソロの……一人で自前のマシンで採掘しようとする人には厳しい環境になったんですけど、その中で複数で協力して採掘する人たちに負けず探しだせた時の快感が何とも言えなくて」

光野が屈託のない笑みを覗かせる。

「気楽でいいな、おまえは。ちなみに、今、どのくらいあるんだ？」

「ビットコインですか？　ええと――」

マウスを操作し、履歴を出す。

「ちょこちょこだけど掘り出したのが貯《た》まってて、今、五百ＢＴＣくらいですかね」

「たったの五百ねえ」

沢村は微笑みながら、頭の中で電卓を弾《はじ》いた。

「えっ！　四億五千万！」

途端に目を見開く。

「そんなもんですかねー」

「おまえ、そんなもんって」

光野に詰め寄ろうとする。間に、祐妃が割って入った。

「はい、そこまで。光野君。ここにいるのは金の亡者だから、気をつけてね」

「一之宮さん、その言い方は……」

「違う？」

目を細めて、じっと見つめる。

沢村は顔を背け、小さく舌打ちをした。

「大丈夫ですよ。仮想通貨は、僕のアドレスとパスワードがわからなければ動かせませんから。ところで、今日は二人して、どうしたんですか？」

光野が訊いた。

「リビングに行こうか。大丈夫？」

祐妃が光野に訊いた。

光野は頷《うなず》き、立ち上がった。

「点《つ》けたままなのか？」

沢村はパソコンを見た。

「はい。ゼウス改がずっとマイニングしてくれていますので」

「電気代もバカにならんな」

「ええ。あまりに電気を食うので、ソロマイニングをあきらめる人は多数です。僕も、捜査協力でもらっている給料のほとんどは電気代でなくなります」

「それでも、四億五千万も儲かるならいいな」

「今はもう、マイニングで大儲けするのは無理ですよ。第二のビットコインが出れば別ですけど」

話しながら、光野と共に部屋を出て、階段を降りた。右の廊下奥の部屋に入る。リビングだった。

祐妃はソファーに腰かけていた。沢村と光野も空いている別のソファーに座った。

「さてと。車の中で沢村君には話したんだけど」

祐妃は前置きをしてタブレットを出し、光野にそれを見せながら、アップルハウスファンドの話をした。

と、光野はすぐに反応を示した。

「ああ、ＡＨＣの会社ですね」

「なんだ、そのAHCというのは？」

沢村が訊く。

「仮想通貨です」

「ビットコインじゃないのか？」

「仮想通貨って、ビットコインだけじゃないんですよ。有名なところだと、ネムとかリップル、イーサリアムなんてのがありますね」

「いっぱいあるんだな」

「千以上ありますよ」

「そんなにか！」

沢村は驚いた。

「独自トークンといって、自分で仮想通貨を作ることができるんです。仲間内の交換用に作ってもいいし、第二のビットコインを目指して公開してもいいし」

「無法地帯だな……」

「そんな感じです」

光野が頷く。

「AHCはどういう通貨なの？」

祐妃が訊いた。

「デジタルの取引台帳のようなものですね。AHCとビットコイン、AHC同士の交換はできますが、その他のアルトコイン、ビットコイン以外の仮想通貨のことですけど、それとは交換できないようです。アップルハウスファンド関連の金融商品だけで通用する証明書付きのポイントだと考えればいいと思います」

「そんなものに金を出すのか？」

沢村が訊いた。

「狭い範囲の仮想通貨でも、値動き次第では一千万が一千五百万になったりすることはあります。その時に一千五百万円分の何かを買ったとすれば、五百万円分得したことになるでしょ？　まあ、その逆もありますが」

「なるほど。自分の通貨は簡単に作れるのか？」

「はい。十分くらいでできますよ」

「どうやって――」

沢村が突っ込んで訊《き》こうとした時、祐妃が咳払《せきばら》いをした。

「話を聞く限り、資金洗浄は簡単にできそうね」

「簡単とまでは言えませんが、複数の仮想通貨を取引所で交換して、途中、分散して匿名取引のできるものを挟めば、可能です。アップルハウスファンドが資金洗浄をしているのですか？」

「その疑いが濃厚なの」

「それを事細かく調べてほしいんだってさ」

沢村が言った。

「沢村さんは引き受けたんですか？」

「ああ、仕方なくね」

ちらりと祐妃に目を向ける。

祐妃は素知らぬ顔をした。

「飛花さんや村越さんも一緒ですか？」

「あいつらは——」

「その予定よ」

祐妃が言う。沢村は言葉を飲んだ。

「やった！　また、みんなと一緒にいられるなんて」

光野は眼鏡の奥の細い目を輝かせた。

「一応、ここを拠点に動いてもらうことにするけど。いい、光野君？」

「はい。二階の他の部屋はサイバー班の人たちが来た時以外は使っていませんから。僕もゼウス改があるから調査しやすいし」

「ということだけど、沢村君もいい？」

「いいも悪いもないんでしょう？」

「まあ、そうだけどね」

祐妃はタブレットの画面をタップし、別のＰＤＦファイルを表示する。

「光野君、このデータをプリントしてきてくれる？」

「いいですよ」

光野はタブレットを預かり、いったんリビングを出た。

「沢村君」

「なんです？」

「光野君のビットコインを騙《だま》し取ったり、仮想通貨のノウハウで詐欺を働こうとしたりしたら、一生放り込むからね」

顔を近づけ、睨《にら》む。

「わかってますよ。そんなことしません」

沢村は仰《の》け反り、笑みを見せた。

光野が戻ってくる。

「プリントです」

タブレットとプリントを祐妃に渡す。

祐妃はプリントを沢村に差し出した。沢村は受け取って、プリントに目を通した。

「神園《かみぞの》さんと村越君の居所。三日以内に二人を説得して、ここへ連れてくること」

祐妃が言う。

「ダメだった時は？」

「あなたは収監される」

「むちゃくちゃだな……」

「そもそも、このミッション自体が無茶だからね。ここでやめてもいいのよ」

祐妃はじっと沢村を見つめた。

沢村は目を逸《そ》らして息をついた。

「わかりましたよ」

「ありがとう。じゃあ、細かい指示は神園さんと村越君が揃ってからね。連絡役は光野君に。今日はゆっくり休んでね。お疲れさん」

祐妃は言うと、リビングから出て行った。光野が見送る。

沢村はプリントを見つめ、ため息をついた。

6

神園飛花は成田《なりた》空港に降り立った。小さく薄汚れたバックパックを右肩に提げている。Tシャツに革のジャケット、タイトなジーンズといったラフな恰好《かっこう》だ。サングラスをかけた顔をまっすぐ前に向け、長い黒髪をなびかせて颯爽《さっそう》と入国ゲートへ向かう。

入国審査カウンターでパスポートを提示した。

「神園飛花さんですね？」

女性の入国管理官がパスポートと顔写真を見比べる。

「そうだけど」

飛花はサングラスを外した。切れ長の目で管理官を見据える。

「ちょっとこちらへ来ていただけますか？」

「何か問題でも？」

「確認のためです」

入国管理官が飛花の後方をちらりと見やる。

審査待ちの客が並んでいた。

飛花はサングラスをかけ直し、管理官に続いた。脇のドアを通って、狭い廊下を奥へ進む。

「あんた、私が誰だか知ってるね」

飛花は背後から話しかけた。

「ここで暴れても逃げられませんよ」

管理官は背を向けたまま牽制《けんせい》した。

「やってみる？」

軽く拳《こぶし》を握る。

「そう気負わないでください。あなたを捕まえようというわけではありませんから」

管理官は廊下の最奥まで歩き、立ち止まった。ノックをする。

「神園飛花さんが到着されました」

「どうぞ」

男の声がした。

飛花はドアを見据えた。

管理官がドアを開ける。椅子に座っていた男がゆっくりと振り返った。

「お久しぶり」

沢村だった。右手を挙げる。

「どういうこと？」

飛花はサングラスを外した。

「まあ、中へ」

沢村が言う。管理官は微笑み、飛花を促した。飛花が中へ入る。

「ありがとうございました」

沢村が管理官に礼を言うと、管理官は会釈をしてドアを閉めた。

飛花はバックパックをテーブルに置き、パイプ椅子を引き寄せ、腰かけて脚を組んだ。

「いやあ、相変わらず美しいね。いや、磨きがかかったと言うべきかな」

「つまんないお世辞はいい。なんで、あんたが待ってんのよ。いや、あんたがなぜ、入管で私を呼び寄せられるの？」

「まあまあ、順を追って話を——」

「面倒だから、さっさと用件言いな」

胸下で腕を組む。

「まあ、そうだろうね。一之宮さんからの要請で、銃器密造事件を解決したオレたち四人に、もう一度捜査協力をしてほしいとのこと。どうです？」

「そんな話か。お断わりだよ」

にべもない。

「少しくらい、話を聞いてからでも」

「二度とポリに協力する気はないよ。あの時は仕方なかったが、私の中では汚点だね。もういいかい」

飛花は腕と脚を解き、テーブルに手をかけ、立ち上がろうとした。

「遊ぶ金ないんだろ？」

沢村が唐突に切り出した。

飛花が気色ばんだ。

「梨田《なしだ》とかいうヤツにたかっていた分もなくなって、適当に昔仲間を脅しながら、小銭稼いじゃ外国に行くって生活らしいじゃない」

「誰から聞いたんだ？」

飛花の目つきがきつくなる。

「こいつに載ってる」

沢村は祐妃から渡されたプリントをテーブルに置いた。飛花が手に取る。すぐさま眉《み》間《けん》に皺《しわ》が寄った。

そこには、事件解決後からの飛花の足取りが克明に記録されていた。

飛花は赦免された後、かつての仲間だった梨田という男から金を搾り取り、その金で海外を渡り歩いていた。

その梨田も金が尽き、他の昔仲間のもとに顔を出しては金をむしり取り、自由気ままな生活を続けていた。

加えて、武器などの取引用にプールしている手付かずの金と口座も把握されていた。

「オレらはずっと監視されていたってことさ。その調査書には書いてないけど、それだけ大勢の人間から金をむしってたら、恐喝罪で捕まってもおかしくない」

「そんなことできるわけないだろ」

「それをするのが一之宮じゃないか」

沢村が飛花を見返す。

飛花はプリントの端を握った。

「オレもほとんど詐欺とは言えない話で逮捕すると言われた」

「あの女、いっぺん殺されなきゃわかんないようだね」

飛花がプリントをくしゃくしゃに握り潰《つぶ》した。

「協力すれば、最高五百万をくれるという話。二カ月程度のものだろうから、悪くない仕事だと思うけど」

「そんなはした金で、私に汚点を増やせというの？」

「いやいや、ここからが本題」

沢村はにやりとして脚を組み、上体を少し傾けた。

「捜査協力中に寝泊まりするのは、光野が暮らしている吉祥寺《きちじょうじ》の一軒家なんだけど、そこに四億五千万ものお宝が眠ってる」

沢村の言葉に、飛花の瞳《ひとみ》が輝いた。

「そりゃ、太いね」

座り直す。

「だろ？」

「なんだい、お宝は」

「光野の持っているビットコイン」

「あいつから取ろうってのかい？」

「いやいや、もらうんだよ。光野は金には興味がなくてね。マイニングに没頭してる。必要なのは、最新のパソコンを揃える金と電気代くらいなものだ。五千万もあれば十分。四億は使い道がない。それを山分けってのはどうだ？」

「悪くないね。けど、簡単に四億もの金を差し出す？」

「だから、捜査協力してくれと言ってるんだよ。光野は友達のいないタイプだが、淋《さび》しがり屋でもある。オレたちには気を許しているからな」

「だったら、今丸め込んでしまえばいいじゃない。捜査に協力することはないだろ」

飛花が言う。

「わかってないなあ、飛花さんも」

沢村は体を起こした。

「捜査を共にするということが大事なんだよ。同じドキドキ感を共有することで、さらに信頼が増す。その上で光野自身から差し出させれば、一之宮も文句は言えない。だろ？　うまくいかなかったにしても、最低三百万は手に入る。悪い話じゃないと思うよ」

「でも、やっぱりポリに協力するというのはなあ……」

「ふりをしてるだけでいいんじゃないか？　たぶん、飛花さんが調べることはあまりないと思うよ、今回は」

「そういえば、何の捜査するの？」

「仮想通貨による資金洗浄の実態」

「ほお、おもしろそうじゃない」

「仮想通貨なんて、飛花さん、興味も知識もないでしょう？」

沢村が言う。

「バカ言ってんじゃないよ。海外じゃ、使い勝手のいい通貨だからね。それなりの知識は持ってるよ」

「ああ、そうか。海外飛び回ってるもんね。なら、なおさら、光野のビットコインは役に立つんじゃないか？」

「まあ、それもそうだね」

「どうする？　時間がないから即決してほしいんだけど」

沢村は詰め寄った。

が、内心、ほぼ落ちたと思っていた。

飛花の調査書を見た時、話を光野のビットコインに持っていけば、飛花は協力する気になるだろうと踏んでいた。

「……わかったよ」

「ありがとう」

沢村はほくそ笑んだ。

7

飛花を吉祥寺のアジトに連れて帰った翌日の午前中、沢村は小田急《おだきゅう》線の登戸《のぼりと》駅に降り立った。

多摩川《たまがわ》河川敷に出て、陽光きらめく川面を見つめながら、東へゆっくりと歩く。

十分ほど歩いた場所に古びたアパートがある。村越は、今、そこで更生施設を経営している。

五年前、事件解決後、村越は自身の母体であった鳴子《なるこ》組の再生に取り組んだ。

が、組解体後、元組員たちはそれぞれの暮らしを始めていて、元組長の意向もあり、ほとんどが堅気になっていた。

村越が組の再生を始めたと知り、元組長は村越を呼び出した。

元組長は、村越にも極道を辞めるよう勧めた。そして、堅気に戻りたいヤクザの手助けをしてやってほしいと頼んだ。

村越にとって、元とはいえ、親の頼みは絶対だった。

村越は鳴子組の復活をあきらめ、元組長の望み通り、堅気になりたいヤクザたちの更生施設を開いた。

アパートは全部で八室ある。一階の一番手前の部屋に村越がいる。村越の部屋は共有スペースでもあり、他の七部屋にいる更生者がいつでも立ち寄れるようになっている、と、村越の調査書には記されていた。

沢村は歩きながら、思案していた。

飛花は、金の話をすれば落ちると思っていた。ある意味、金に対しての割り切り方は沢村と近いので、口説きやすい。はたして、飛花は思惑通りに落ちた。

が、村越は少々難敵だった。

村越は金では動かない。村越を動かすには、彼の持つ矜持《きょうじ》をくすぐる必要がある。また、今は更生施設を管理しているとはいえ、警察が好きなわけではない。

しかも、犬猿の仲の飛花がいる。

どうしたものか……。

いくつかの案を脳裏でシミュレーションしているうちに、アパートに着いた。アパートの名は〝鳴子荘〟だ。

「こだわる人だな」

沢村は苦笑した。

と、いきなり、一階手前の部屋のドアが開いた。男が転がり出てくる。

沢村はびくっとして後退した。

「バカやろう！　そんな根性でカタギになれると思ってやがんのか！」

野太い声が響いた。

ドア口から、ぬっと巨体が出てくる。

村越だった。口の周りにひげを蓄え、迫力が増している。

村越は転がったまま座り込んでいる男の胸ぐらをつかんだ。強引に立たせる。

「ちょっと注意されたぐれえで殴ってちゃ、カタギは務まんねえって教えただろうが！」

村越は胸ぐらをつかんだまま、男を揺さぶった。男の頭が前後にガクガクと揺れる。

「土下座して詫《わ》びてこい！　逃げるんじゃねえぞ！　逃げたら、てめえをどこまでも追い込んでやっからな。さっさと行ってこい！」

村越は男を突き飛ばした。

男はふらふらとよろけた。襟元を整え、舌打ちをしながら沢村の前を通り過ぎる。沢村は電柱の陰に隠れ、男を見送った。

村越は男の背を睨《にら》みつけていた。

そろっと電柱の陰から身を出す。

「あ、すみませんね。お騒がせして」

村越は沢村に笑みを向けた。が、すぐ沢村だということに気づく。

「おお、詐欺師！　久しぶりじゃねえか」

「そんな大声で詐欺師なんて言わないでくださいよ」

沢村は苦笑し、村越に歩み寄った。

「元気だったか？」

「ええ、まあ。村越さんこそ、すごい迫力ですね。とても更生施設の管理人とは思えませんよ」

「このぐらい気を張ってねえと、連中に舐《な》められるんだよ。ん？　なんで、俺が更生施設の管理人をしてるなんて知ってんだ？」

「細かい話は中でしたいんですけど」

沢村は周囲をきょろきょろと見た。

「おお、そうだな。まあ、入れ」

村越は一階の部屋に戻っていく。沢村も続いた。

狭い玄関には、乱雑に靴が並んでいた。手前のキッチンには、テーブルが置かれていた。前歯の抜けた金髪の若い男が食事をしている。

男は沢村を見て、頭を小さく下げた。

「バカやろう！　挨拶《あいさつ》はちゃんとしろと言ってんだろうが！　声出せ！」

「こんちはっす」

金髪男が言う。

「こんにちは。お邪魔します」

沢村は愛想笑いを見せ、奥へ入った。

奥の部屋にはスチール机が一つ置かれていた。右横にはスチール棚もあり、ファイルが並んでいる。左手には寝袋と数個の衣装ケースが置いてあった。

「適当に座ってくれ」

村越が言う。

といっても座る場所は、スチール机の脇にあるパイプ椅子しかなかった。畳んであったパイプ椅子を広げて座る。

「いやいや、大変そうですね」

「大変といやあ、大変だな。ヤクザの時は殴り飛ばしちまえばよかったが、今はそうはいかねえからな」

「さっきのは？」

「ああ、玄関での話か。あんなもん、殴ったらうちには入らねえ」

村越は笑った。

それもどうかと思ったが、村越らしくて、沢村もつい笑みをこぼした。

「ごちそうさんです」

金髪の男が言う。

「おう、しっかり洗ったか。メシカスが残ってたら、承知しねえぞ！」

「ちゃんと洗いましたよ」

「今日の遅番の仕事、サボるんじゃねえぞ！」

「わかってますって」

金髪男は沢村に一礼し、出て行った。

「ここに来る連中は、そもそも世の中のルールからはみ出した連中ばかりだからな。礼儀を教えることもそうだが、何より、我慢ってものを教えなきゃならねえ。それが一番、骨が折れる」

「村越さんが教えてるってのが、なんとも」

「バカやろう。俺はこう見えても我慢強えんだぞ」

村越は笑顔を見せた。

ひげのせいで迫力は増したが、心なしか、目つきは柔らかくなっているような気がした。

「で、どうした？　俺に会いに来たんだろう？」

「ええ。単刀直入に言いますね。助けてください」

沢村は頭を下げた。

「おいおい、どうしたってんだ」

「村越さんに助けてもらわないと、オレ、ムショに放り込まれるんです」

頭を下げたまま言う。

「穏やかじゃねえな。また、誰かを騙《だま》くらかしたのか？」

「違うんですよ」

沢村は顔を上げた。

「先日、一之宮警視正がオレに会いに来まして」

「おお、あの女警視正か。元気か？」

「変わらずでした。その一之宮さんが、オレを逮捕するってんです」

「なぜだ？」

「詐欺容疑で。でも、オレは五年前にムショを出てから、ほんと、騙しはしてないんですよ。けど、こっちが騙したつもりはなくても、相手によっちゃ騙されたと思う人もいるでしょう。そういう人に被害届を出させて、強制的に犯罪者にされちまったんです」

「まあ、おまえの話だから、全面的には信用できねえが。それでも、もしその話が本当なら問題だな。オレが行って、話を付けてきてやるよ」

「いや、そんな程度で済む話じゃないんです。五年前と同じですから」

「どういうことだ？」

「捜査への協力を要請されました」

「相変わらず、汚ねえな。断わっちまえ、そんなもん」

「そうしたいところだったんですけど、オレだけじゃなく、飛花さんもオレと同じように嵌《は》められまして」

「あの女なら、断わって暴れるだろう」

村越が笑う。

「いえ、協力に同意しました」

「あいつが？」

真顔になる。

「飛花さんも、五年前の事件解決以降、人が変わったようになって、旅をして、自分を磨いていたんだそうです。でも、協力を断われば、自由に渡航もできなくなる。昔の飛花さんなら騒いで終わりだったけど、今はもう、そういうことはしたくない、と。ひどい話です。オレたちはきちんと警察に協力して赦免されたのに、彼らの中ではまだ犯罪者なんです。村越さんの事情を知っているのも、警察が五年前の赦免後から監視していたからです」

「監視されているのか、俺が？」

「オレたちです。光野は警察に協力をしているので、一見監視されていないように見えますが、軟禁されているも同然。自由の身とは言い難い」

「腹立つな。俺が意見してやる！」

村越は鼻息を荒くし、腰を浮かせた。

「待ってください！　こんな形で協力させられるのは正直悔しい。でも、オレも飛花さんも、できれば穏便に解決したい。なぜかわかりますか？」

「なぜだ！」

「今は、まっとうに生きているからです」

沢村はまっすぐ村越を見つめた。

「オレはそれを一之宮さんに証明したい。このまま警察から逃げて、監視され続けるのは耐えられない。だから、今回協力して、きっちりと事件を片づけて、オレたちが五年前のあの日からまっとうに生きていることを一之宮さんや当局の連中に見せつけてやりたいんです。それでこそ、オレたちは本当に自由になれる。だから」

沢村は椅子から降りた。正座をする。

「協力してください！　お願いします！」

深々と土下座をする。

「頭を上げろ」

「お願いします、村越さん！」

「わかったから、頭を上げろ！」

「本当ですか！」

沢村は顔を上げた。涙が滲《にじ》んでいる。

「あいつらのやり方は気に入らねえが、おまえの言うこともっともだ。見せつけてやろうじゃねえか」

「ありがとう！」

沢村は立ち上がり、村越の右手を両手で握った。

「ありがとう、村越さん！」

沢村の目から涙があふれる。

村越は励ますように右手を握り締めた。

「礼はいい。ちょっと引き継ぎしていくんで、二、三日時間をもらうが、いいか？」

「もちろんです。来られるようになったら、電話をください」

「いいよ。片づいたら行くから、住所を教えとけ」

「じゃあ——」

沢村は机にあった紙とペンを取り、吉祥寺の住所と自分の電話番号を記した。

「ここなんで、よろしくお願いします！」

深々と頭を下げる。

やはり、まっすぐに当たるのが正解だったな。

沢村は村越の手に額をこすりつけながら、口元に笑みを滲ませた。

第2章

1

三日後、村越が吉祥寺の一軒家にやってきた。荷物はスポーツバッグ一つ。ちょっとした着替えが入っているだけだった。

沢村は光野と共に玄関へ出た。

「村越さん！」

光野が裸足《はだし》で駆け寄る。

「おお、光野！　元気だったか？」

「はい。村越さんこそ、元気そうで」

「まあな」

村越は光野を見下ろして微笑んだ。

「村越さん、ありがとうございます」

沢村が言う。

村越は沢村に顔を向け、頷《うなず》いた。

「村越さんの部屋は二階に用意してあります。案内します」

光野は村越のバッグを取った。村越が上がってスリッパに足を入れる。

村越と光野は二階へ上がっていった。

沢村は一階のリビングへ戻った。飛花がソファーに寝そべるように座り、リモコンを片手に、テレビをザッピングしている。

「飛花さん」

沢村はソファーの端に腰かけた。

「先日話した通り、オレたちはまじめにやっているのに一之宮に嵌められた。その体は崩さないでくださいよ」

「わかってる。何度も言うな」

飛花はテレビに目を向けたまま言った。

重い足音が階段を下り始めた。沢村は飛花の二の腕を軽く叩《たた》いた。

飛花はテレビを消し、体を起こして、リモコンをテーブルに置いた。

床を軋《きし》ませながら、大きな影がリビングへ入ってくる。

村越は右の一人掛けソファーに腰を下ろした。巨体に座られ、座面が軋みを上げて沈む。

「久しぶりだな」

飛花を見やる。

「山にでもこもってるのかい？」

飛花が片笑みを覗《のぞ》かせる。

「おまえこそ、世界を放浪してるんだってな。あちこちで悪さしてんじゃねえのか？」

「適当なこと言ってんじゃねえよ、腐れヤクザが」

「あ？」

村越は片眉《かたまゆ》を上げた。

村越の後から入ってきた光野が、空気を感じ取った。

「あの、みなさん、コーヒーでいいですか？」

声をかける。

「ああ、ありがとう」

沢村はすぐに返事をした。

「村越さんも飛花さんも、ブラックでよかったですよね？」

二人の間に割って入るように身を乗り出し、二人の顔を交互に見ながら訊《き》く。

二人は頷き、互いの顔から視線を逸《そ》らした。

沢村は光野と顔を見合わせ、苦笑した。

玄関で音がした。足音がリビングに近づいてくる。

「こんにちは。みんな、揃ったわね」

祐妃だった。ビジネスバッグを持っている。

「俺が来てすぐ姿を現わすってことは、ここを監視してるということか。相変わらず、汚ねえな、サツは」

村越が祐妃を睨《にら》む。

「村越さん！」

沢村は小声で制した。

村越には、沢村や飛花のために祐妃には何も言わないと約束させている。

村越は仏頂面で腕を組み、鼻を鳴らした。

「気を悪くさせたらごめんなさい。ただ、ここは警視庁の施設でもあるから仕方ないの」

祐妃はこともなげに言い、村越の対面にある一人掛けソファーに座った。

「一之宮さん、コーヒー、ブラックでいいですか？」

沢村はすぐさま声をかける。

「ええ、ありがとう」

「光野。コーヒー、一つ追加」

「わかりました」

光野が答えた。

沢村は祐妃の隣に座った。手もみをしながら双方の様子をちらちらと横目で見やる。

落ち着かない。

やっと、全員揃った。ここでひと悶着《もんちゃく》あれば、警察から出る最低三百万円の報酬も、光野のパソコンに眠っている四億五千万円のお宝も、すべてがパーになる。

沢村はキッチンへ行き、用意できたコーヒーのカップを三つ取ってトレーに載せ、リビングに運んだ。

「はい、コーヒーですよ。光野の淹《い》れたコーヒーはうまいんです。どうぞどうぞ」

沢村は三人の前にカップを置いた。それぞれがカップを取り、口に運ぶ。

「おー、うまいな」

村越が笑みをこぼす。

「でしょう？　よかったな、光野！　村越さんがうまいってよ！」

わざと大きな声で言う。

「ありがとうございます」

光野はうれしそうにはにかんだ。

沢村は空気が和んだ瞬間を嗅《か》ぎ取り、一之宮に顔を向けた。

「一之宮さん。さっそく、話を進めましょう。光野、仕事の話をするぞ」

「はい」

光野は冷蔵庫からコーラのペットボトルを取って、戻ってきた。

「飛花さん、ちょっと空けてもらえますか」

沢村は飛花と村越の間を空けさせた。

「光野、そこ」

「ありがとうございます」

光野が飛花と村越の間に座る。

沢村は小さく頷き、祐妃を見た。

祐妃は沢村を見つめてふっと微笑んだ。

「じゃあ、始めましょうか」

ビジネスバッグからプリントアウトした資料を出す。それを四人に配った。Ａ４判の用紙五枚を留めたものだった。

「事案の概要、アップルハウスファンドについて記してあるので、目を通して」

祐妃は言い、タブレットを出した。四人に渡した資料と同じＰＤＦを表示する。

「三輪谷敬？　こいつ、桐生金城一家の若頭補佐だったヤツじゃねえか？」

村越が言う。

「知ってる？」

祐妃が訊いた。

「ああ。一、二度会ったことがある。挨拶程度だが。うちの更生所に来ているヤツらの何人かが桐生金城だったたな」

「どんな男だった？」

「典型的な経済ヤクザだな。大卒だと言ってた。金で地位を買ったと言ってるヤツもいたよ。俺が一番嫌いなタイプだ」

「あんたは、金稼ぐ頭を持ってないからね」

飛花が鼻で笑う。

「なんだと、てめえ」

村越が目を剝《む》いた。

「まあまあ、二人とも」

間にいた光野が笑みを引きつらせつつ、割って入る。

二人とも光野を見て、ソファーにもたれた。

「このＡＨＣというのは知ってるよ」

飛花が言う。

「使ってるの？」

祐妃は飛花を見た。

「私はアルトコインは使わないから、これは使ってないけど、海外の取引所でたまに上がってくる銘柄だね。使用範囲が狭いから、使い道がない」

「よく知ってますね、飛花さん」

光野が飛花を見つめる。

「あんたの方が知ってるだろ」

「僕は、知識はあるんですけど、実際、仮想通貨を使ったことはないんです。まして、海外で使いこなすなんて、すごいなあ」

「あんたも外国に出りゃ、使えるようになるよ」

　飛花は微笑んだ。

「飛花さん、AHCがどこの取引所で扱われていたか、覚えてる？」

　祐妃が訊く。

「ヨーロッパが多かったね。あとは南米かな。北米では見なかったね」

　飛花が答える。

「光野君。飛花さんと一緒に、AHCを扱っている取引所を特定できる？」

「すべては無理かもしれませんが、七、八割程度なら割り出せると思います」

「そう。では、光野君と飛花さんは、その解析にあたって。で、光野君はAHCを他の仮想通貨に換えて換金する手法を、飛花さんは取引所の構成から、AHC換金の組織的な構図を探ってほしい。できる？」

　祐妃は飛花を見た。

「簡単だよ」

　飛花は答えた。

「頼りにしてるわ」

　祐妃は微笑み、村越に顔を向けた。

「村越君は、三輪谷と桐生金城の関わりを調べてくれない？　桐生金城が三輪谷を通じて企業舎弟を多く抱え、潤沢な資金を得ている可能性も否定できないという四課の報告もあるの」

「ヤツは企業舎弟だろ？」

「そう断定するまでには至ってないみたい」

「小ざかしいまねしてやがんな。わかった、そっちは任せろ」

村越は二つ返事で引き受けた。

飛花さんに触発されたな。沢村は腹の中でにんまりとした。

「沢村君は、アップルハウスファンドの資本の出所を探ってほしいの」

祐妃が沢村を見た。

「投資家を探れということですか？」

「金主ね。特に、会社設立当時の起《た》ち上げ資金を出した人物や組織を調べてほしい。村越君の調査と重なるかもしれないけど、その時は共同で事にあたって」

「わかりました」

沢村は首肯した。

「捜査期間は最大二カ月。それ以上かかると、相手に逃げられるおそれがあるの。捜査の途中でも切り上げ。そこから先は、私たちが対処するから」

「その場合、報酬はどうなるんでしょうか？」

沢村が訊《き》く。

祐妃は呆《あき》れ顔で息をついた。

「最低報酬の三百万は出すから、心配しないで」

「よかった。タダ働きはごめんですから」

「ゲンキンね」

「きっちりとした性格なもので」

沢村は悪びれもせずに言う。

「じゃあ、今日からさっそく調べにあたって。君たちの活躍に期待してるわね」

祐妃は言い、タブレットをバッグに収め立ち上がった。部屋を出る。

「ちょっとお見送りを」

沢村が後を追った。

「一之宮さん」

玄関で声をかける。

祐妃は靴を履きながら沢村を見た。

「あの、当面の活動資金なんですが」

「光野君の口座に振り込んであるわ。くれぐれも、君の借金の補塡《ほてん》などしないように」

「そこまで調べられているんですか……」

沢村は顔を背け、舌打ちをした。

「当然でしょ。まあ、月々の払い分くらいは活動資金から出してもいいわ。ともかく、みんなをうまくまとめて、少しでも多くの情報を集めて。よろしくね」

祐妃は笑みを返し、出て行った。

「仕方ない。さっさと終わらせよう」

沢村は祐妃の残像を睨《にら》み、部屋へ戻った。

2

三輪谷敬は西新宿《にししんじゅく》のホテルのスイートルームにいた。

ドアベルが鳴る。ソファーから立ち上がり、足音を忍ばせ、ドアへ近づく。ドアスコープから外を見る。

胡桃《くるみ》色のスーツを着た小柄な中年男性が立っていた。

三輪谷は鍵《かぎ》を開け、ドアを少し開いた。

中年男は周囲を見回し、素早く部屋へ入ってきた。すぐさまドアを閉める。自動でロックがかかった。

中年男は部屋を見回した。左右のドアに目を向ける。

「一人か？」

「はい」

三輪谷は答えた。

中年男は注意深そうな視線を部屋の隅々に配り、ようやくソファーの脇まで歩いてきた。

「真っ昼間から呼び出すんじゃねえよ」

「すみません。ちょっと急ぎで訊きたいことがあったものですから」

三輪谷は言い、奥の一人掛けソファーを勧めた。中年男は腰を下ろし、脚を組んだ。

「何か飲みますか？」

「勤務中だ」

仏頂面で答える。

三輪谷はコーヒーの入ったカップを二つ持ち、ソファーに戻った。右隣のソファーに座り、カップの一つを中年男に差し出す。

「どうぞ」

「それより、他のものがあるだろうが」

中年男は人差し指でテーブルを叩《たた》いた。

「用意していますよ」

三輪谷はスーツの内ポケットから白い封筒を取り出した。

「お世話になっております」

中年男の前にスッと出す。

中年男は手に取り、中を覗《のぞ》いた。一万円札が五十枚詰まっていた。男は目視で確認し、封筒を内ポケットに入れた。

カップを取り、コーヒーを音を立てて啜《すす》る。

「で、なんだ？」

中年男は口元を手のひらで乱暴に拭《ぬぐ》い、三輪谷を見た。

「うちの内偵、どうなっていますか？」

「どうもこうも、大した進展はねえよ」

「別ルートから、摘発が近いという情報も入っているんですが」

「別ルートってのはなんだ？」

中年男がぎろりと睨んだ。饐《す》えて濁ったような眼光を覗かせる。

「てめえ、俺以外の鳩を使ってやがるのか？」

「いえ、私じゃありません。別の者が関わっている関係者からの情報です」

「どこのどいつか知らんが、俺の情報が最も確かなのは、てめえも柳川《やながわ》も知ってんだろうが。適当な真似してると、てめえも桐生金城もいっちまうぞ」

どすの利いた声で言う。

「もちろん、そのことは存じています。なので、こうしておいでいただいているわけです。それにしても、田子《たご》さん。相変わらず、そこいらの本物より迫力がありますね」

「てめえらみたいな蛆虫《うじむし》と年がら年中顔を突き合わせてりゃ、こうなっちまう」

田子と呼ばれた中年男は横ポケットからタバコを取り出した。三輪谷はすぐにライターを取り出し、火を点《とも》した。

田子はタバコに差し出された火をつけ、頰をすぼめて煙を吸い込んだ。吐き出した紫煙が田子の顔にまとわりつく。

「改めてですが、どんな状況ですか？」

「うちの課と共にマネー・ロンダリング対策室が動いちゃいるが、実態は知られちゃいねえ。てめえと桐生金城の関係もはっきりとはつかんじゃいねえ。今の情報だけじゃ、公判がもたねえから、仮に逮捕されても検察は不起訴にするだろうな」

「まだ手じまいしなくても大丈夫ですか？」

「ああ、半年は大丈夫だ。が、万が一を考えると、三カ月でいったん手じまいしたほうがいいかもな。それなら、何の問題もねえ」

「田子さんが言うなら、そうでしょう。助かります」

「当たり前だ」

田子はタバコを灰皿で揉《も》み消し、コーヒーを飲み干して立ち上がった。

「まあしかし、てめえんとこの調べが進んでいることも確かだ。あまり気安く、俺を呼び出すな。てめえとの関係はバレちゃいねえが、どこから漏れるかわかんねえからな。それと、さっきの鳩、うちの関係者か？」

「いえ、警察官ではありません」

「ならいいが、うちの関係の鳩がいるなら、しばらく接触は避けるように言っておけ。

情報は俺が出してやる。わかったな」

「そのように手配します」

三輪谷は立ち上がり、頭を下げた。

田子をドア口まで見送る。

田子はドアを少し開け、廊下を見回し、スッと外に出た。

ドアが閉まる。三輪谷の顔から笑みが消えた。部屋に戻り、ソファーに腰かけ、脚を組んで深くもたれる。

「いいぞ」

右手のドアに声をかけた。

ドアが開き、スーツを着た背の高い青年が出てきた。肌は浅黒く、髪を短く刈り込んでいる。

青年は三輪谷の脇まで歩いてきた。

「どうでしたか？」

「微妙なところだが、今のところはまだ大丈夫そうだな。今、営業部が目を付けている顧客はどのくらいいる？」

「ざっと五、六名といったところでしょうか」

「いつまでに落とせる？」

「個々の案件によって違いますが、最長の顧客でも二カ月以内には落とせそうです」

「実入りの概算は？」

「五名落としたとして、ざっと十五億といったところですね」

青年が答える。

「わかった。一カ月半で事を終わらせろ。その後、一カ月で手じまいするぞ」

「警察の調べは、そこまで進んでいるんですか？」

「田子の話では三カ月から半年。しかし、ヤツは四課の動きしかつかんでいない。他の部署が動いていれば、内偵から検挙の期間が早まる恐れもある。三カ月以内なら、逃げ切れるだろう」

「社長が言うなら、間違いないでしょうね。わかりました。営業マンの尻《しり》を叩きます」

「頼む。それと、他の鳩との接触は避けるよう、情報員に伝えてくれ」

「情報を集めなくて大丈夫ですか？」

「ここからは売り抜けだ。クローズに向かう」

「わかりました。さっそく、手はずを整えます」

青年は一礼し、出て行った。

「逃げ切ってやる……」

三輪谷は宙を見据えた。

3

「さて、そういうことで、みなさん捜査にあたってもらいます」

沢村が仕切り始めた。

「なんで、あんたがそんな偉そうに仕切るんだよ」

さっそく、飛花が文句を垂れる。

「一応、一之宮さんからまとめ役をと言われてるんで引き受けているだけですよ」

沢村は言い、全員を見回した。

「動く前に、光野、一之宮さんから活動資金を預かっているな？」

「はい」

「さっそくで悪いが、オレたちに分配してくれ。一人百万だと聞いている」

「ええ、それで預かってます」

「出してきてくれるか？」

「あ、現金を持つ必要はないですよ。ちょっと待っててください」

光野はソファーを立って、部屋から駆け出た。

「おい、詐欺師。俺は百万なんていらねえぞ」

村越が言う。

「誰かに会ったり、情報を引き出すために飲みに行ったりする時は必要でしょう？」

「借りを作ることになるじゃねえか」

「いやいや、借りとかじゃなくて、活動資金ですから」

沢村が苦笑する。

「頭が固いねえ、ヤクザは。もらえるものはもらっときゃいいだろう。金に色はないんだからさ」

「俺はおまえや詐欺師と違って、金の亡者じゃねえんだよ」

「誰が詐欺師と一緒だって？」

飛花が気色ばむ。

「二人とも、そんなに嫌わなくてもいいじゃないですか」

沢村は眉尻《まゆじり》を下げた。

光野が戻ってきた。手にキャッシュカードを持っている。

「これ、みなさんのカードです」

光野は名前を見ながら、三人それぞれにカードを渡した。

沢村はカードを見た。クレジット機能がないキャッシュ専用のカードだった。

「口座を作ったの？」

飛花が訊《き》く。

「一之宮さんが作ったものです。もう活動資金は入れてあります」

「本人確認なしで作れるとはね。その手段を教えてもらいたいくらいだわ」

飛花はカードを指でつまみ、くるくると回した。

「まあ、聞かない方がいいやつですね」

沢村がまじまじとカードを見つめる。

「俺はいらんぞ。サツから施しを受ける筋合いはねえ」

カードをテーブルに置く。

「村越さん、本当に必要経費を預かっているだけだから。使わなくても持っていたらいいでしょう」

「持ってると使っちまうだろうが」

「あら、あんたも金には弱いんだね」

飛花が笑う。

「黙ってろ！」

「本当のことを言ったまでじゃない。女に向かって怒鳴るなんて最低だね、ヤクザは」

「てめえは獣だろうが！」

「なんだって！」

飛花が立ち上がる。

村越も立って、身構えた。

「待った待った！」

沢村はソファーの上に飛び乗り、両腕を広げた。

「喧嘩《けんか》は仕事が片づいてからにしてくれ！　それとも何か？　あんたらは仮想通貨のことなんてさらさらわからねえから、喧嘩したふりをして、この仕事を投げ出そうってのか？　情けねえ悪党どもだな、おい！」

「なんだと、詐欺師！」

二人同時に怒鳴り、沢村を睨《にら》みつける。

「オレに怒鳴る暇があるなら、さっさと片付けて、一之宮に実力を見せつけてやったらどうだ！」

沢村も睨み返す。

「覚えてなよ、詐欺師。光野！　さっそく、始めるよ。来な！」

「はい！」

飛花が光野と連れ立って、部屋から出ていく。

「てめえらなんざ、かすむほどの情報を取ってきてやるよ！」

村越も吼《ほ》え、出ていこうとする。

「ちょっと待て！」

「なんだ！」

村越が振り返り、睨む。

沢村はテーブルのカードを取った。

「たかが百万で貸しだ借りだなんて小せえこと言ってねえで、持っていけ！」

指に挟んで投げる。

回転したカードが村越の胸板にぶつかって跳ねた。手元に落ちてきたカードを握る。

「大物気取りてえなら、百万なんてはした金、一晩で使っちまえ！」

「ああ、使ってやるよ！」

村越は壁を蹴《け》り、床を踏み鳴らして出て行った。

玄関ドアが激しく閉じられる。家の壁が多少揺れた。

リビングは途端に静かになった。

「ふう……」

沢村は誰もいなくなったソファーに座った。カップを取り、飲みかけのコーヒーを口に運ぶ。

「まったく、あの二人の瞬間湯沸かし器みたいな沸点はどうにかなんないかなあ」

コーヒーを飲み干し、カップを置く。

「まあ、当面の金は手に入れたことだし、少し息抜きしてくるか」

沢村はカードを見つめ、にんまりとした。

4

村越は吉祥寺から新宿へ行き、湘南《しょうなん》新宿ライン快速に乗り換えた。

家を出た当初は沢村や飛花の顔を思い浮かべ苛立《いらだ》っていた。が、古河《こが》を過ぎたあたりから、意識は終点の宇都宮駅へ向くようになった。

家を出て二時間強で、宇都宮駅に到着した。

宇都宮市は北関東最大の中核都市だ。

近頃は餃子《ギョーザ》で有名な地方都市であるが、その実、東武《とうぶ》宇都宮線や東北・秋田・山形新幹線なども乗り入れていて東京への交通の便もよく、一九八三年、当時の通商産業省により構想されたテクノポリス計画で、関東では唯一選ばれたところでもある。

村越は改札を出て、西口に足を向けた。ペデストリアンデッキの餃子像を横目に見つつ、大通りを西へ向かった。

「このへんも変わったな」

街並みを見て呟《つぶや》いた。

宇都宮へ来たのは二十年ぶりだ。古めかしかった建物はすっかり建て替えられ、オフィスビルやホテルが林立している。道路も整備され、大都市の風情が漂っていた。

宮《みや》の橋《はし》交差点まで進み、右に折れる。村越は昔の記憶と目に映る現在の街並みを照らし合わせつつ、ゆっくりと田川《たがわ》沿いを進んだ。

上河原《かみがわら》通りを越え、県庁前通りを横切り、川が大きく右に湾曲する突端で立ち止まった。古びた五階建てのビルを見上げる。

「ここも変わったな」

苦笑する。

ビル入口の庇《ひさし》には〝KKビル〟と記されている。KKは桐生金城の略だ。かつては堂々と代紋を掲げ、桐生金城の名を冠していた。

中へ入る。左手に管理人室の小窓があった。人相の悪い若者がガラス戸を開け、村越を睨んだ。

「何の用だ？」

片眉《かたまゆ》を上げ、欠けた歯を覗《のぞ》かせる。

「おいおい、ここは一応、民間企業が入るオフィスだろう？」

呆《あき》れ笑いを見せる。

若者の眉間《みけん》の縦皺《たてじわ》が深くなった。

「こら。おちょくってんじゃねえぞ」

「だから、いきり立ってちゃ、そういうとこですよと言ってるようなもんだろうが。そんなこともわからねえのか？」

「なんだと？」

若者が気色ばむ。

小窓左手のドアが開いた。中から二人、三人とスエットを着た若い男たちが出てきた。

「おっさん、ナメた真似してると、帰れなくなるぞ」

丸刈りの若者が言った。

「それ、おまえ、脅迫になるぞ」

村越が言う。

と、ポケットに手を突っ込み、肩を揺らしながら近づいてきた。

「だったら、なんだよ」

下から睨み上げる。

村越はため息をついた。

「こんなバカばっかだと、柳川さんも苦労するな」

「総長の名前を気安く口にしてんじゃねえ！」

丸刈りの若者が村越の胸ぐらをつかんだ。

「あーあ。暴行も付いちまった」

村越は頭を振った。前頭部が若者の鼻梁《びりょう》にめり込む。若者はたまらず手を放し、後退《あとずさ》りしてよろけた。

鼻を手で押さえる。鼻孔から血が流れ出ていた。

「なんだ、てめえ！」

後ろにいた眉の薄い男が拳《こぶし》を握り、近づいてきた。

正面に立った途端、腕を振る。拳は村越の右頬に当たった。

村越は首を傾けた。唇が切れ、少し血が出ている。手の甲で口元を拭《ぬぐ》う。

「傷害も付いたな……」

「それがどうした？　さっさと帰らねえと、傷害じゃ済まねえぞ」

「殺意を示したか。どうしようもねえな、てめえら」

「だったら、どうだってんだ！　ホントに殺《や》っちまうぞ、こら！」

「やってみろ」

村越は仁王立ちし、男を見据えた。穏やかだった目つきが途端に鋭くなる。

男の目尻《めじり》がひきつった。

と、階段から複数の足音が聞こえた。小走りに上階から駆け下りてくる。

男の口元に笑みが滲《にじ》む。下りてきた男たちが村越を取り囲んだ。

しかし、村越は眉の薄い男から視線を外さない。微塵《みじん》も動揺した素振りを見せない村越に、男は再び顔を強《こわ》ばらせた。

少し遅れて、階段から革靴を踏み鳴らす音が聞こえてきた。ゆったりとした足取りで下りてくる。

「何やってんだ、おまえ」

村越に背後から声をかける。少ししゃがれてトーンの高い特徴的な声だった。

村越は背を向けたまま言った。

「網浜《あみはま》か？」

「誰だ、てめえ……」

背後で殺気が立つ。

村越はゆっくりと振り向いた。

オールバックでほっそりとした男が立っていた。紫色のスーツに身を包み、サングラスをかけている。

男はサングラスの奥から村越を睨んだ。が、まもなく眉間に立っていた皺が緩んだ。

「村越さん……ですか？」

「偉くなったじゃねえか、網浜」

網浜はサングラスを外し、スーツの胸ポケットに挿した。

笑みを浮かべる。

「驚いたなあ。いや、お久しぶりです」

網浜は満面に笑みを浮かべ、歩み寄って手を差し出した。

村越が右手を握る。網浜はその右手を両手で包んだ。

いきり立っていた男たちは状況がわからず、呆気《あっけ》に取られていた。

「今日は、どうしたんですか？」

「こっちに用事があって来たんでな。久しぶりに柳川さんに挨拶《あいさつ》しておこうと思って顔を出したんだが」

村越は言い、ぐるりと見回した。

「大層な出迎えじゃねえか」

「すみません、村越さんとは知らずに。おい、根津《ねづ》！」

網浜が怒鳴る。と、管理人室にいた歯の欠けた若者が飛び出してきた。

「なんすか？」

「なんすかじゃねえ！」

網浜は言うなり、根津という若者の左頬に拳を叩《たた》き込んだ。

根津はよろけ、頬を押さえた。口から血が滲む。

「てめえがカチコミだなんて吹くから、失礼しちまったじゃねえか！　こちらは鳴子組の村越さんだ！」

網浜の言葉に、周りの男たちがざわついた。

「あの、竜王会《りゅうおう》を一人で潰《つぶ》したっていう伝説の――」

眉の薄い男が呟いた。

「そうだ！　あの鳴子組の村越鉄生《てつお》さんだ！」

網浜が大声で言う。甲高い声は狭いホールに響いた。

「元な、元。もう、うちはなくなっちまったんで、今はカタギだ」

村越が苦笑する。

「てめえら、並べ！」

網浜が命ずる。

男たちがずらりと村越の前に並ぶ。

「村越さん、うちのバカどもがすみませんでした。おら、てめえらも頭下げろ！」

「すんませんでした！」

男たちが一斉に深々と頭を下げる。

「カタギに頭下げなくてもいい。それより、おまえら。カタギに手を出しゃ、柳川さんがいかれちまうだろうが。つまんねえメンツで組に迷惑かけんじゃねえぞ」

「失礼しました！」

男たちが声を揃える。

村越は頷《うなず》き、網浜に顔を向けた。

「柳川さんはいるか？」

「ええ。どうぞ」

網浜が階段を指した。

村越が歩き出す。網浜は先に階段を上り始めた。村越が続く。

「エレベーターはねえのか？」

「あるんですけどね。親父が運動しろってうるさいんですよ」

「柳川さんらしいな」

村越はふっと微笑んだ。

「それと、ちょいと今はゴタゴタしてますから、防犯上の理由もありまして」

「関西の余波か？」

「そんなところです」

網浜が言う。

全国規模の暴力団が割れたことで、ヤクザ社会では緊張が続いている。関東でもその影響は出ていて、いつ襲われるかわからない恐怖に耐えかねて組織を抜けた若者も多い。

村越のところにも、そうした若者が徐々に増え始めていた。

「暴対法に条例に内輪揉《も》め。ほんと、オレらもやりにくくなっちまいましたよ」

網浜が苦笑する。

五階に着いた。網浜はドアを開け、村越を促した。中へ入る。すぐに網浜が入ってきて、先に廊下へ上がった。スリッパを出し、自分は奥へ進む。

網浜は突き当たりのドアの前で止まった。

「失礼します」

声をかけ、ドアを開ける。

「総長。鳴子組の村越さんがいらっしゃいました」

「元だって言ってんのにな」

村越は苦笑いし、網浜に促され、入口の前に立った。

「お久しぶりです」

声をかけ、頭を下げる。

「おー、村越じゃねえか！　久しぶりだな。まあ、入れ」

柳川は背の高い椅子にもたれ、村越に笑みを向けた。

一礼し、中へ入る。すぐさま網浜がついてきて、執務机の前にあるソファーに誘った。

村越はドア側の二人掛けソファーの真ん中に座った。スプリングがぎしっと音を立てて沈む。

柳川は机を回り込み、向かいのソファーに腰を下ろした。

柳川はスリーピースのグレーのスーツに身を包んでいた。御年六十七だが、腹も出ておらず、軽く後ろに流した髪もふさふさだ。

「相変わらず、お若いですね、柳川さん」

「もう若くはねえよ。脚なんざ、一回り縮んじまった」

そう言い、太腿《ふともも》を叩く。

「おまえはデカくなったな」

「食うだけですから」

「そんな感じでもねえぞ。まあ、もう少し絞った方がいいとは思うがな」

柳川が笑う。

柳川省三《しょうぞう》は四十にして、名門桐生金城一家の総長に上り詰めた男だ。それから四半世紀以上、トップに君臨している。

見た目はバイタリティーあふれるビジネスマンのようだが、その実、かなりの武闘派で、総長となった後は敵対する組は大小関係なく力でねじ伏せ、北関東一帯をまとめあげた。

竜王会との争いの時も、柳川は鳴子側に付き、加勢してくれた。しかし、組織間の政治で撤退を余儀なくされ、その後まもなく、嗚子組は苦汁を嘗《な》めることになった。

「いつぞやはすまなかったな。俺が最後まで手を貸せていれば、嗚子も――」

「その件はもう。竜王にはきっちりカタつけましたし、当時、多くが竜王に肩入れする中、柳川さんはこっちに力を貸してくれた。俺には感謝しかありません。ありがとうございました」

村越は太腿に手を置き、深く頭を下げた。

「まあ、昔話は野暮だな。今日はどうした？」

「うちの更生所を出たヤツが職場のことで相談があるってんで、久しぶりにこっちへ来たんです。で、長いこと不義理をしてたもので、ご挨拶にと」

「そうか。そういやあ、噂には聞いていたが、本当に元極道連中の更生所をやってたんだな」

「はい。うちの親父の意向でもありましたんで」

村越は答えた。

「嗚子さんは元気か？」

「ずいぶん歳は取りましたが、とりあえずは病気もなく過ごしているようです」

「なら、よかった」

柳川が微笑む。

「更生所はうまくいってるのか？」

「まあ、なんとか。根性のねえ若いのが多いんで、鍛え直すには苦労してますが」

「おまえに鍛えられりゃあ、立派な極道になるかもしれねえな」

そう言い、笑う。

ジャージを着た若い男が茶を持ってきた。湯呑《ゆの》みを丁寧に村越と柳川の前に出し、一礼して下がる。

「さすが、柳川さんのところの若い衆だ。しっかりしてますね」

「俺の周りにいる連中だけだ。おまえ、下で騒動を起こしたろう。ほとんどがあんなバカばかりだ。礼儀もわきまえず、暴れてえだけ。昔はそれでもよかったがな。今はそういうわけにもいかねえ」

「それは注意しておきました」

「すまねえな、手間かけさせて」

柳川は湯呑みを取って、茶を啜《すす》った。

村越も茶を啜る。甘苦く香ばしい香りがすっと鼻に抜ける。

「おまえのところには、どんな連中が来てるんだ？」

柳川が訊《き》く。

「北海道から九州まで様々です。歳は十代から三十代まで。若いのが多いですね。やはり今日び、ヤクザでしのぐのは難しいから、音を上げちまう連中が多いと感じます」

「だな。うちも厳しいよ。産廃やらおしぼりなんかをやってるが、少しでも代紋をちらつかせたり、組の名前を出したりすりゃあアウトだ。喧嘩《けんか》も同業同士ならまだ目をつむってもらえるが、一般を装った企業舎弟に手を出しゃ、これまたアウト。こんなんじゃ、看板の意味もねえ。やってられねえな」

柳川はため息をついた。

「なんか、別のしのぎはないんですか？」

村越が訊く。

「なんだ？　おまえ、またこっちに戻るつもりか？」

「いやいや、親父の意向があるので、それはしませんが。いや、さっきの相談ってのが、まさにそれで。そいつ、一念発起してプログラミングを勉強してＩＴ企業ってのに就職したらしいんですが、どうも、裏で脅しってのか、みかじめみたいなことをやっていたらしいんですよ。で、またそっちの世界に戻るのは嫌だと言うもんで。俺はあまりＩＴとかなんとかって世界は詳しくないもんで、そんな企業にヤクザがいるのかと思いましてね」

さりげなく話題を振り、柳川を見やる。

柳川の笑みが一瞬消えた。わずかな瞬間だったが、村越は見逃さなかった。

「いや、俺もそっちには詳しくねえ。知ってんだろう、俺がそういうの苦手なのは」

柳川は笑みを作り直し、茶を飲んだ。

三輪谷のことを隠しやがったな。

そう思いつつ、村越も茶を口に含み、一呼吸置いた。

「そうですね。桐生金城といやあ、腕っぷしでのし上がったところだ。そんな軟弱な連中は関係ねえですな」

「そういうインテリまがいなことをしている組もあるようだがな。うちは縁がねえよ。下の連中を見てもわかるだろう」

「確かに。あいつらがインテリなら、日本も終わりですね」

村越は笑った。柳川も合わせて笑い声を立てる。

「まあしかし、その手のインテリヤクザの会社は調べといてやる。それで、おまえに相談してきたヤツには判断させたらいい」

「ありがとうございます」

村越は頭を下げた。伏せた顔に笑みはなかった。

5

光野は飛花と共にゼウス改のそばに張りついて、アップルハウスファンドが発行している仮想通貨AHCの流れを追う準備をしていた。

光野はパソコンの前から動かず、ずっとプログラムを書いていた。飛花は斜め後ろから覗《のぞ》き込んでいるだけだ。

「まだ、終わらないのかい？」

飛花が焦《じ》れた様子で訊く。

「もう少しで終わります」

そう言い、キーボードを叩《たた》く。

光野が作っていたのは、AHCに特化した追跡プログラムだった。

仮想通貨は、それぞれに独特のアドレスを持つ。AHCを扱うアドレスは、頭が〝AH〟で始まる二十六桁《けた》のランダムな英数字の羅列だ。

光野は、インターネット内で取引されているAHで始まるアドレスの仮想通貨をすべて割り出すプログラムを作成していた。

「そんなことしないでさあ。AHCを扱ってる取引所を見つけてくれりゃあ、私が契約者情報取ってくるよ」

「取ってくるって。どうするつもりですか？」

光野は手を止めずに訊いた。

「そりゃ、あんた。管理者に訊けば、すぐにわかるだろ」

「訊くって……。無理やりですよね」

「向こうが逆らえばね」

飛花はさらりと答えた。

光野は苦笑した。

「いや、まあ、飛花さんには契約者情報は取ってきてもらいたいんですけど、今、調べられる場所に行っても意味がないんですよ」

「どういうこと？」

「ＡＨＣの追跡は本庁のサイバー班も行なっていて、取引所も判明しています。当然、契約者情報も得ているはずです。けど、それでも資金洗浄の実態をつかめなかったから、一之宮さんは僕たちに調査を依頼したわけですよね」

「まあ、そういうことだね」

「ということは、表に見える取引所や交換所は関係ないということですよね」

「ああ、ダークウェブか」

飛花が腕を組んだ。

光野は肩越しに一瞥《いちべつ》し、頷《うなず》いた。

ダークウェブとは、通常の方法では見ることのできない秘密のＵＲＬを持つウェブサイトのことだ。知る者以外、閲覧することすらできない場所なので、近年、武器取引、麻薬の密売、臓器売買などの裏組織の取引場所として使われることも多くなっている。

また、ダークウェブ内で行なわれる取引の決済に仮想通貨が使われていることも、国際的に問題視されていた。

ただ、ダークウェブは世界中の複数のサーバーを経由し、頻繁にアドレスを変えるため、追跡自体が難しい。

日本だけでなく、諸外国の捜査機関も、ダークウェブの広がりには手を焼いていた。

「今回、ダークウェブを見つける方法は二つないし三つ。一つはAHCが集積するアドレスを見つけて、そのアドレスを持つ個人を特定して白状させる方法。もう一つは、取引情報の中からなんらかの手掛かりを見つけて、ダークウェブを特定する方法。あと一つは、僕がAHCの取引をして、逆追尾する方法。けど、最後の方法は、ダークウェブを介した取引でないと意味がないので、やっぱり、最もいいのは二番目ですかね」

「ダークウェブの特定かい？」

　飛花の問いに、光野が頷く。

「できるの？」

「やってみないとわかりません。相手が痕跡《こんせき》を残していなければどうにもならないんですが、たぶん、どこかには残っていると思うんです」

「どうして？」

「裏に関わる人物の中には、そうしたことを自慢したい人もいるでしょう？」

「ああ、いるねえ。ワル自慢の好きなバカ」

「ネット内も同じです。ダークウェブに関わっている人の中には、自分の知識や悪いこと自慢をしたい人が結構います。そういう人をおだてれば、情報は入手できると思います」

「へえ、あんたが人心を操ろうとするとはね。成長したね」

「いやあ、それほどでも……」

光野はにやつき、頬を赤らめた。

「じゃあ、まあ、あんたはそっちでがんばって」

飛花は立ち上がり、光野の頭をポンと叩いた。

「どこへ行くんですか？」

手を止めて、飛花を見やる。

「あんたの方向は間違ってないけど、調べがつくまで待ってたら体も勘も鈍っちまう。私の方でも独自に調べてみるよ。裏に通じた連中はよく知ってるからね」

飛花は意味深に微笑んだ。

「そっちの情報がわかったら、連絡ちょうだいね。すぐに調べるから」

「戻ってこないんですか？」

「戻ってこられたら戻ってくるよ」

飛花は言い、部屋を出た。

光野は少し寂しげな顔で飛花を見送ったが、すぐに気持ちを切り替え、再びプログラムを書き始めた。

6

アップルハウスファンドのオフィスは、渋谷《しぶや》の並木橋《なみきばし》交差点に近いビルの八階にあった。

沢村はそのビルの一階にあるオープンカフェにいた。英字新聞に目を通しながら、コーヒーを飲んでいる。

が、その目は、ビルに出入りする人に向いていた。人が出入りするたびに新聞を畳み、胸元に入れたスマートフォンで写真を撮る。それを繰り返していた。

沢村はまず、アップルハウスファンドに出入りする人物を特定しようと考えた。

その中には必ず、三輪谷への資金提供に関係する人物がいるはずだと踏んでいる。

投資家というのは疑り深い。金を出して黙っている者もいるが、内心では、自分の投資した金がどうなっているのか、気になって仕方がない。

大口投資家となれば、なおさらだ。

大口投資家の中には、自分の子飼いを送り込む者もいる。監視する意味もあるが、自分の身内を置いておくことで投資先に自分へ利益誘導させる意味合いもある。

逆に言えば、そういう人物を見つけてしまえば、そこから三輪谷へ投資した者を割り出せる。

楽な仕事だな。

沢村は思いつつ、優雅にコーヒーを飲んでいた。

と、ビルの前に黒塗りのセダンが横付けされた。助手席からスーツ姿の男が降りてきて、後部ドアを開ける。

沢村は新聞の隙間から覗いた。

スーツを着た背の高い男が降りてくる。

「おっと……」

沢村は新聞で顔を隠した。

三輪谷だった。三輪谷は路上に立ち、奥を覗いた。

沢村はちらちらと車の方を見ていた。

三輪谷が右手のひらを差し出す。ブルーのタイトなスカートスーツに身を包んだ熟年の女性が降りてきた。

長い黒髪で脚もすらりと長い。くびれた腰にスーツのラインがフィットしている。胸元は上着を押し上げんばかりに盛り上がっていた。

「こりゃ、いい女だな」

沢村は思わずにやついた。

二人はガードレールを回り込み、歩道をビル方向へ歩いてきた。二人並んで歩くと、モデル同士が歩いているような華がある。通行人もちらちらと三輪谷と女性を見ていた。

沢村はスマホのカメラで二人の姿を連写しながら、女性の顔を注視した。

「あれ、この女、見たことあるなあ……」

脳裏で記憶を手繰るが、思い出せない。

三輪谷と女性はビルに入っていった。

「誰だ、ありゃ？」

沢村は新聞を畳んでテーブルに置いた。

撮ったばかりの写真を確認し、女性の顔がはっきりと写っているものを選ぶ。

そして、ブラウザを起ち上げ、画像検索をかけてみた。

すぐさま、ずらりと検索結果が出てきた。

結果を見て頷く。

「ああ、この女か」

羽佐間恵津子《はざまえつこ》という女性だった。現在、四十代後半。時々、経済評論家として、メディアにも出演している。

十代から二十代前半にかけては、三上《みかみ》リンという名前でグラビアアイドルをしていたこともある。彫りの深い濃い顔つきとダイナミックなボディーで一部に人気を博したが、ブレイクせず、イメージDVDを二枚出しただけで事務所を辞め、芸能界から離れた。

その後の経歴は不明だったが、三十代半ばで再び表舞台に登場する。

ファイナンシャルプランナーの資格を取り、各地でビジネスセミナーを展開し、美しすぎるFPとして何度か雑誌にも取り上げられた。

四十を過ぎてからは、ワイドショーや経済番組のコメンテーターとして、テレビに出ることもあった。

沢村は、羽佐間恵津子、三上リンの名を検索にかけ、ネット上の情報を斜め読みしていた。

三上リンの過去と現在の画像を比べているものがほとんどだったが、その中に面白い記事を見つけた。

三上リンの二十代半ばから三十代前半の空白の十年に関する記事だ。

三上リンは二十代半ばで芸能界を引退したが、それはある男の愛人となったからだと記されている。

その男というのは、当時、統合したばかりのメガバンク〈きぼう銀行〉の頭取、荒垣《あらがき》泰四郎《たいしろう》だと噂されていたらしい。

荒垣泰四郎は、きぼう銀行再生の道筋を付けて、頭取を退任。その後、証券会社、クレジット会社などを渡り歩き、次々と会社を再生させてきた。

経済界では再生請負人との異名も持つ。

七十歳で第一線から退いたものの、その影響力は八十歳になった今でも大きく、平成のフィクサーとも囁《ささや》かれた人物だった。

ただ、この話は噂の域を出ない。羽佐間恵津子、三上リンの名前で検索した記事の中に、荒垣との関連を指摘する記事も散見されたが多くはなく、どれも中途半端な情報ばかりだった。

しかし、沢村の勘は疼《うず》いた。

火のないところに煙は立たず——。

「この女の十年をほじくってみるのは面白そうだ」

沢村はコーヒーを飲み干し、立ち上がった。

第3章

1

アップルハウスファンドのオフィスへ入った羽佐間恵津子は、そのまま三輪谷にエスコートされ、オフィス右手奥の応接室へ入った。

奥のソファーに腰かけ、バッグを脇に置いた。

「お飲み物は、何になさいますか？」

三輪谷が丁寧な言葉遣いで訊《たず》ねる。

「何もいらないわ」

恵津子は素っ気ない口ぶりで言い、脚を組んだ。

三輪谷は愛想笑いを作り、恵津子の向かいのソファーに浅く腰かけた。

恵津子がバッグから細いタバコを出し、咥《くわ》えた。三輪谷はすぐさま内ポケットからライターを取り出して火を点《とも》し、腰を浮かせて腕を伸ばし、差し出す。

恵津子は煙を深く吸い込み、ゆっくりと吐き出した。紫煙が恵津子の顔の前に漂う。

「三輪谷さん。手じまいは進んでいるの？」

冷たい視線を向ける。

「はい、順調です」

「順調ねえ……」

恵津子がまた、煙を吐き出す。

漂ってきた煙が三輪谷の顔にまとわりつく。三輪谷は笑みを崩さない。

「私のところには、いろいろと噂が聞こえてきているんだけど」

「どんな噂ですか？」

「強引な勧誘に遭った顧客が訴訟を準備しているとか、ここの摘発は間近だとか」

「どれも噂です」

「信じていいのかしら？」

恵津子はバッグからコンパクトタイプの携帯灰皿を取り出した。蓋《ふた》を開き、火玉を揉《も》み消す。吸い殻を入れ、パチンと音をさせて蓋を閉じた。

「私たちがここへ投資した意味はわかってるわよね？」

「もちろんです」

三輪谷が頷《うなず》く。

「だったら、もう少しがんばってちょうだい。ＡＨＣの上昇率は、まだ十倍程度。たった十倍では元が取れない。せめて、五十倍は超えてもらわないと」

「承知しています。もう少しお待ちください。残りの顧客と契約した資金を一気に投入すれば、AHCは短期的に上昇します。その時点で売り抜ければ、五十倍は達成できます」

「その前に摘発されたら？」

「大丈夫です。確かな筋からの情報で、当局が入ってくるにしても、あと三ヵ月はあるそうですから」

「三ヵ月？　私の情報筋は、二ヵ月はないだろうと言っているけど」

「どなたですか？」

「詳しくは明かせないけど、当局直結の筋よ。あなたの筋よりは確かじゃないかしら？」

恵津子はふっと笑みを滲《にじ》ませた。

三輪谷の目尻《めじり》がかすかに蠢《うごめ》いた。が、笑顔は崩さなかった。

「ともかく、すみやかに処理してちょうだい。AHCの処理を誤れば、あなたも無事ではいられないわよ。あなたの素性は知っているけど」

恵津子は三輪谷を見つめ、立ち上がった。

三輪谷も腰を浮かせる。

「あ、見送りは結構よ。一日も早く、この問題を解決して。それが、荒垣の意向だから。よろしくね」

「お任せ下さい。先生にもよろしくお伝えください」

三輪谷は座ったまま膝《ひざ》に両手を置き、深々と腰を折った。

恵津子は一瞥《いちべつ》し、応接室を出た。

ドアが閉まる。

三輪谷は顔を上げた。こめかみに血管が浮き上がっている。

「クソアマが……」

三輪谷はドアを睨《にら》みつけた。

拳《こぶし》を握る。すべてを破壊したい衝動が沸き上がり、震える。が、三輪谷は何度か深呼吸をし、目を閉じて、気を鎮めた。

ゆっくりとソファーにもたれ、目を開く。天井を仰ぎ、一つ大きく息を吐くと、怒りはずいぶん収まった。

内ポケットからスマートフォンを出し、番号を呼び出してコールする。

「川又《かわまた》、応接室へ来い」

一言で命じ、電話を切る。

すぐさまノックがあり、ドアが開いた。

「失礼します」

青年が入ってくる。三輪谷の下で営業部を統括している川又賢《けん》だ。

川又は、三輪谷が桐生金城一家から離れた時、共に代紋を下ろし、企業舎弟として働き始めた三輪谷の右腕だった。

川又はソファーの右端に歩み寄り、三輪谷に顔を向けた。

「顧客の契約はどうなった？」

「その後、一件は成立させました。残り四件を進めているところです」

「三日で契約させせろ。どんな手を使ってもかまわない」

「ですが、社長。あまりに強引な手に出ると、綻《ほころ》びが出るかもしれないですよ」

「俺が保《も》たねえんだ」

三輪谷は怒鳴り出しそうな声を抑えた。

目尻が上がる。全身から漂う怒気に、川又の顔が強《こわ》ばった。

「これ以上、あのクソ女に四の五の言われると、女もジジイも殺《や》っちまいそうだからよお。さっさと片づけてえんだ、この案件は。わかるよな、川又」

三輪谷が顔を上げる。

瞳孔《どうこう》が小さくなり、白目が血走って赤く澱《よど》んでいる。三輪谷がキレた時の目だ。

今でこそ三輪谷は企業人だが、川又は三輪谷が武闘派ヤクザとして名を売ろうとしていた時代をよく知っている。

暴力を振るい始めた三輪谷は悪魔だった。止めようとする者は仲間であろうと半殺しにするほど、見境がなくなる。

ビジネスマンとして過ごす時間が長くなり、この頃はすっかり、かつての〝悪魔〟の顔は鳴りを潜めたように見えていたが、本質は変わらない。

むしろ長い間、暴力性を溜《た》め込んでいるので、それが爆発した時はどうなるのか……。

想像しただけで失禁しそうだ。

「わかりました。ご指示通りに」

川又は一礼し、足早に部屋を出た。

「短気は損気。金のためだ」

三輪谷は自分に言い聞かせるように独りごちた。

2

沢村は吉祥寺に戻ってきた。

光野が玄関まで迎えに出てきた。

「おかえりなさい！　沢村さんは、今日はここに泊まるんですよね？」

いきなり、訊《き》いてくる。

「ああ、まあ、特に出かける用事がなければな。村越さんと飛花さんは？」

「村越さんからは、今日は戻れないとの連絡がありました。飛花さんはどこかへ行きました」

「どこかって……」

苦笑する。

「まあ、飛花さんは放っといても大丈夫だろう。それより、ちょっと調べてほしいものがあるんだ」

沢村は玄関を上がった。スマホを出す。

「さっき、アップルハウスファンドの本社前で写真を撮ってきたんだ。出入りしている連中の顔認証をしてほしいんだが」

「いいですよ。ただ、有名人や警察のデータベースに登録されている人以外は、SNSなんかをやってないと解析できないかもしれませんけど」

「いいよいいよ。どうにも怪しいヤツは、こっちで調べるしな」

話しながら、スマホを渡す。

沢村は光野と共に二階へ上がった。ゼウス改が鎮座するパソコン部屋へ入る。

光野はコードを繋《つな》いで、沢村のスマホに収められた画像をコピーした。画像解析ソフトに写真データを流し込む。

正面のモニターでは、目まぐるしく画像が切り替わっている。左のモニターには次々と解析結果が表示され、窓が増えていく。

「すごいな。本当に解析できてるのか？」

あまりの速さに、沢村が呟《つぶや》いた。

「できてますよ。遅いくらいです。他のプログラムを動かしてなければもっと速いんですけど。すみません」

「何を動かしてるんだ？　マイニングか？」

「いえ。AHCの流通を解析しているんです」

「そんなことできるのか？」

「はい。基本はAHで始まるアドレスを探せばいいだけですから。とはいえ、流通量は少なくないですから、ネットワーク内の追跡や見つけたAHCの解析を始めると、どうしてもキャッシュを食ってしまいますね」

「まあ、それだけできりゃ、たいしたもんだと思うけどな」

沢村は画面を見つめながら言った。

最後の一枚が表示されると、解析終了の文字が表示され、点滅した。

光野は解析したデータをタブレットに落とした。

「一データ一画面です。スワイプすれば次のデータが見られますから」

そう言い、沢村にタブレットを渡す。

「サンキュー、助かるよ。それと、もう一つ頼みたいんだが」

「なんですか？」

「三上リン、羽佐間恵津子、荒垣泰四郎という名前を検索してくれないか」

「三上リンって、消えたグラビアアイドルですよね」

「おまえ、アイドルに詳しいのか？」

「そういうわけじゃないです！　ネットでは有名ですから、その人！」

光野の耳が真っ赤になる。

沢村はにやりとした。

「照れるなよ。エロみがあるのはいいことだ」

「だから、そうじゃなくて……」

「まあ、知ってるなら話は早い。三上リンが経済評論家の羽佐間恵津子としてメディアに返り咲くまでの十年前後のことを中心にネタを集めてくれ。ソースのわからない噂話の類《たぐい》でもいいから。とにかく、集められるだけ集めて、できれば時系列で並べておいてもらえるとありがたい」

「わかりました」

「オレは下で、コーヒー飲みながらデータを見てるから。まとまったら持ってきてくれ」

沢村の言葉に、光野が頷《うなず》く。

沢村は右手を挙げて部屋を出た。

「そうか。あいつがグラビアアイドルに興味があるとはなあ」

にやにやして頷きつつ、階段を下りる。

リビングへ入る。作り置きのコーヒーをカップに注いで、ソファーへ向かう。

ソファーに深くもたれ、コーヒーを一口含んでカップを置き、タブレットの画面を見た。すでに、光野が解析したデータが表示されている。

データは、顔写真と名前や年齢、職業、住所、簡単な経歴など、収集できた情報が項目ごとに収められていた。

沢村は一度、さらさらとスワイプして画面を横に流し、一通りデータに目を通した。解析されたのは、三十人ほど。その中で三分の二は関係なさそうな人物だった。

今度はじっくりと見たい人物にチェックを入れつつ、先ほどと同じようにさらさらと流しながら見ていく。

大量のデータから目的のものを探したい時は、一言一句を丁寧に見ていくより、何度かさらさらと流した方が効率が良い。

速く流れるデータを目で追う時、人間は自分が思う以上に集中している。そういう時は、アンテナが敏感になっているので、探したい言葉や雰囲気をふっと拾える。

逆に一言一句を丁寧に時間をかけて追っていると、脳が疲れ、拾えるはずの情報も目に入ってこなくなる。

沢村は流しながら見る作業を三度ほど繰り返し、五名の人物にチェックを入れた。その中には三輪谷や羽佐間恵津子のデータもある。

川又という男のデータがあった。川又賢、三十八歳、アップルハウスファンドの営業統括部長と記されている。三十代後半にしては若そうな雰囲気だ。備考欄には、元桐生金城一家の構成員とある。

「三輪谷の腹心か」

呟き、他を見る。

髭面《ひげづら》の眼鏡をかけた男にもチェックを入れている。倉地《くらち》貴成《たかなり》という男だ。五十三歳で、〈品川経済研究所〉というシンクタンクの代表を務めている。が、備考欄にはかつて仕手戦を仕掛けていた相場師だったとある。

眼鏡の奥に覗《のぞ》く双眸《そうぼう》はどんよりとしていて、いかにも金の亡者という雰囲気だ。

「こいつが荒垣に近いとしても、おかしくはないな」

データを見据え、次のデータにスワイプする。

残った一人は、登坂《とさか》輝文《てるふみ》という二十三歳の男だった。ほっそりとした顔で目も細く、色白だ。なよっとした雰囲気だが、目つきは鋭い。

登坂に犯歴のような記述はない。備考欄に書かれているのは、彼が若きディトレーダーとして有名だということだけだ。

株だけでなく、FXや仮想通貨取引にも精通している。その道に詳しい顧問的な役割といったところか。

「まあ、この五人のどこかを突けば、金主には繋がるだろうな」

沢村は改めて、全データをゆっくりと見ていった。

「ん？」

手が止まる。

角田《つのだ》という中年男の写真だ。が、その中年男に怪しいところはない。

沢村は写真を指で広げた。拡大して、背景を凝視する。黒髪で和風の顔をした女性がいる。スーツを着ている若い女性だ。

「こいつ、どこかで……」

写真を見つめ、頭の中にある女性の顔を引っ張り出し、照合する。

「……ああ、この子！」

思い出した。

京町流の着付け教室に入り込んでいた頃、見かけた顔だ。その時は和服で、髪もアップにしていたので雰囲気が少々違うが、日本人形のような若い美女は覚えている。

確か、名前は、桃原理代子《ももはらりよこ》——。

「ちょっと調べてみるか」

沢村はタブレットを置いてコーヒーを飲み干し、立ち上がった。

リビングを出る。二階から、光野が降りてきた。

「沢村さん、三上リンの資料ですけど、時系列で並べるのにもうちょっと時間がかかりそうで」

「ああ、いいよいいよ。ゆっくりやってくれ」

沢村は玄関へ向かう。

「どこへ行くんですか？」

「ちょっと調べたいことがあってね。出かけてくる」

「戻ってくるんですよね？」

「状況によるかな」

「そうですか……」

光野がしゅんと肩を落とす。

「まあまあ、全部片づいたら、みんなで旅行にでも行こう」

「本当ですか！」

光野が顔を上げた。眼鏡の奥の細い目がきらきらと輝いている。

沢村は光野から溢《あふ》れ出る期待感に一瞬気圧《けお》されたが、笑顔を作った。

「ああ。だから、一日でも早く、この仕事を片づけてしまおう」

「そうですね！　がんばります！」

光野は言うと、二階へ駆け上がっていった。ドアが勢いよく閉まる。

「少々期待させすぎたかな。まあ、いいか」

沢村はふっと微笑み、家を出た。

3

飛花は京都に来ていた。観光名所からは離れた住宅街の一角にある古ぼけた三階建てのビルへ入っていく。

階段にはヒビが入っていて、廊下も薄暗い。各階のドアも塗装が剝《は》げ、錆《さ》びついている。人の気配も感じない廃ビルのような建物だ。

飛花は三階へ上がった。廊下を奥へと進む。五室並ぶ部屋の真ん中のドアの前で立ち止まる。

ドアに拳《こぶし》を当てた。コンコン、コン、コンコンコン、コンコン、コン。軽く叩《たた》いてリズムを刻む。

と、中からノックの音が聞こえてきた。

音が止む。飛花はもう一度、別のリズムのノックをした。

ロックの外れる音がし、錆びたドアがゆっくりと開く。蝶番《ちょうつがい》の軋《きし》む音が廊下に響いた。

ドアの隙間から顔中髭《ひげ》だらけの男がヌッと顔を出した。髪もぼさぼさだ。熊のような男は前髪の隙間から飛花を睨《にら》んだ。

「神園か……」

「久しぶりだね、ロック」

「なぜ、ここがわかった？」

「私の情報網は伊達《だて》じゃないよ。まあ、いいじゃない。入っていい？」

飛花はまっすぐ男を見た。

男はしばし動かなかったが、やがて、周りを見回し、ドアを開けた。

飛花は中へ入った。玄関から廊下に至るまで、物で溢れている。ゴミ屋敷だ。饐《す》えた臭いが鼻を突く。

「靴のままでいいぞ」

「言われなくても、靴は脱がないよ」

異臭に閉口する。

奥へ進み、ゴミや物を押しのけてリビングのドアを開ける。広い和室で、パソコン周りだけはスペースが空いているが、布団も物とゴミに埋まっていた。

「どこに座りゃいいんだい」

「適当に座れ」

「少しは片づける気はないのかね？」

「こいつらは、俺の家族だからな」

男はゴミや物を見回し、パソコンを置いたデスクの前に座り、胡座《あぐら》をかいた。

飛花は足でゴミや物を左右に掻《か》き分け、顔を出した多少マシな畳の上に座った。

「しかし、おまえのネットワークごときで居所がバレるようなら、ここも出なきゃならねえな」

「私の筋が、そこいらのチンピラ筋と違うことは知ってんだろ？」

飛花は男を睨みつけた。

「そうだな、悪かった」

男は笑顔を見せた。下の前歯が二本ともない。

「あんた、儲《もう》けてるんだから、インプラントぐらいしたらどうなんだい」

飛花が呆れる。

「歯医者なんかいけるか。歯の治療記録が、一番足が付くんだ。歯なんかなくても、別に困りゃしない」

「相変わらずだね」

飛花は苦笑した。

男の本名は知らない。ただ、出会った時、他の連中から〝ロック〟と呼ばれていたので、飛花もそう呼んでいるだけだ。

ロックはダークウェブで銃や爆薬の取引をしている武器商人だ。主に日本で活動しているが、ロックが日本人なのか外国人なのかもはっきりとは知らない。

飛花がロックと出会ったのは十年前。エストニアで武器を集めていた時、仲間からロックが開いているダークウェブのアドレスを聞き、コンタクトを取ったのが始まりだ。

ダークウェブで商売をしている者は、ほとんどが姿を現わさない。

だが、ロックは自分の組織の下っ端に化けて相手の前に姿を現わし、取引相手の品定めをする。ロックいわく、自分の目で確かめることが唯一騙《だま》されない方法なのだそうだ。

ただ、下っ端として現われる時は、ヒゲを剃《そ》って丸刈りだったり、目も黒かったり青かったり。体形まで千差万別なので、どれが本物のロックかは知れない。

しかし、ロックは、信頼した取引相手にだけは熊のような姿を見せ、直接〝ロック〟として会う。

飛花も、ロックに認められた取引相手の一人だった。

ロックと長く付き合ううちに、ロックの手下とも顔なじみになった。

飛花はその手下を締め上げ、ロックの居所を聞き出し、京都を訪れた。

「で、何がほしいんだ？」

ロックはさらりと言った。

「武器じゃないんだよ。ちょっとあんたに訊《き》きたいことがあってね」

「探りに来たんじゃねえだろうな」

ロックの顔から笑みが消える。そして、前髪の奥から鋭い眼光を向けた。

「あんたを売るなら、直接は来ないよ。さすがの私でも怖いからさ」

飛花は言った。

「いい心がけだ」

ロックの顔に笑みが戻る。

飛花の言葉はお世辞でも愛想でもない。本音でもある。

ロックは、個人で扱うには手に余るほどの大量の武器を売り捌《さば》いていた。

その事実から推察すれば、ロックの組織、もしくはネットワークが相当大規模なものであることは容易に想像できる。

実体が知れないネットワークや組織は、国の一個師団よりも恐ろしく、警戒すべき相手だ。

　また、全世界で闇取引をしていれば、それ相応の資金力を持っていることも確かだ。様々な裏社会の者を知っているが、その中でも五本の指に入るほど気をつけなければならない相手ではある。

　しかし、だからこそ、通常では探ることすらできない裏ネタも持っている。

「あんた、取引に仮想通貨使ってるかい？」

「ああ。ありゃ、便利だからな」

「AHCって の知ってるかい？」

「アップルハウスファンド。桐生金城の企業舎弟が運営しているところだな」

「さすがだね。あいつらが使ってる交換所のアドレス、知らないかい？」

「なぜ、そんなものを探してんだ？」

　ロックは怪訝《けげん》そうに目を細めた。

「やられたんだよ。中抜きを」

「おまえ相手にか？　誰だ、そんな無謀なことをするヤツは」

　ロックは笑った。

「アップルハウスの三輪谷にだよ。あのガキ、私にAHCとビットコインの交換を持ちかけたんだ。で、十倍になるってんで、それならと交換してやったんだがな。交換した途端にAHCは半分に下落。怒鳴り込んだら、反対に脅してきやがったのさ。たかが、ヤクザの分際でな」

「なかなか骨のあるヤツだな。まあ、桐生金城は武闘派だというから、元々はそういうヤツだったのかもしれねえな。なんだ、仕返ししてえなら、格安で人も付けて、武器を揃えてやるぞ」

「ただ、ぶち殺すのはつまんねえだろ？　この私にケンカ売ったんだ。死ぬよりみじめな思いさせてやろうと思ってね」

「ＡＨＣを潰《つぶ》すのか？」

「ついでに、あいつが持ってる金融資産を根こそぎ盗《と》ってやろうと思ってるよ」

　飛花は片笑みを覗《のぞ》かせた。

「相変わらず、えぐいなおまえも」

「ナメられるのが嫌なだけだ」

「どうするつもりだ？」

「あいつらの交換所がわかれば、そこに顧客データがあるだろう？　その中の太い連中が、三輪谷とつるんでるのは間違いない。そいつらを根こそぎ叩いて、組織ごと潰しちまうのさ」

「怖いねえ」

　ロックは笑顔のまま言う。そして、右の人差し指を立てた。

「これでどうだ？」

「一千万かい？」

「吹っかけるねえ。もう少し安くならないのかい」

「バカ言え。AHCの太い取引は、裏でやられてんだ。その交換所のアドレスを、しかも複数教えろって話だろ？　こっちにも多少のリスクはある。一億でも安い。出さねえなら、この話はなしだ」

　ロックが背を向けようとした。

「あー、わかったわかった。あんたにはかなわないよ。どこに入れりゃあいい？」

「シンガポールの口座に入れといてくれ。知ってるだろ？」

「知ってるよ」

「三日後までに一億入れとけ。入金を確認し次第、交換所のアドレスを渡す」

「方法は？」

「アドレスを記したメモのありかを連絡させる。そこへデータを取りに行け」

「相変わらず、アナログだねえ」

「バカ。アナログが一番安全なんだ。デジタルは痕跡《こんせき》が残っちまうからな。近頃の連中はそこんところをわかってねえから、困るぜ。話はそれで終わりだな」

「ああ」

「じゃあ、帰ってくれ」

「桁《けた》が違う。億だ」

「また、消えるのかい？」

「静かに過ごせる場所に移るだけだ。武器が必要なら、いつでも言ってくれ。どこだろうが揃えてやるから」

「その時はあんたに頼むよ」

飛花は立ち上がり、背を向けて振り返りもせず部屋を出た。

表へ出て、駅の方へ歩いていく。

背中に視線を感じる。

「やっぱ、疑われてるね……」

飛花は尾行してくる何者かの存在に気づきながらも、振り向くことなく歩き、人混みに紛れる。

ロックが飛花の作り話を簡単に信じるとは思っていなかった。三日という期限を提示したのは、その三日間で、飛花の言ったことが本当かどうか確かめるためだ。

飛花の話が作り話だと知れれば、どんな報復を受けるかわからない。

つまり、ロックの調査の手が回る前に、作り話を本物の話にしなければならないということだ。

飛花は何者かの眼差《まなざ》しの気配が途切れた瞬間、スマートフォンをズボンの後ろポケットから取り出した。手元に目線を向け、素早く光野の番号を呼び出し、コールボタンをタップする。

それを胸ポケットに入れた。またすぐ、視線が背中に張りついてきた。

——もしもし、飛花さん？

光野の声が聞こえた。

「黙って、私の言うことを聞いてな。アップルハウスファンドの社員名で架空口座を作って、そこで私の名前でAHCとビットコインを交換した記録を至急作って。日付は一年前くらいで適当に。一時間以内にお願い。一時間を超えるとヤバいことになるから」

飛花は一方的に話し、ポケットに手を入れ、スマホの電源を落とした。これで確実に通信は途絶える。

「頼んだよ、光野……」

飛花は鋭い視線を感じつつ、前を向いて歩き続けた。

4

村越は網浜に呼ばれ、宇都宮市内の料亭に来ていた。店の前で根津に出迎えられると、勝手口から裏に回り、離れの個室まで連れて行かれる。

料亭の母屋から小滝の流れる庭を回り込んだところに、小さな茅葺《かやぶ》き屋根の建家があった。石畳を進み、建家の引き戸の前で止まる。

根津が声をかけた。

「村越さんをお連れしました」

「おお、入れ」

網浜の声が聞こえた。

根津が引き戸を開いた。中は広い和室となっていた。床の間には掛け軸や生け花が飾られ、中央には猫脚の座卓が据えられている。

網浜の後ろには障子戸があり、縁側の向こうにはまた別の日本庭園があった。

座卓には刺身の盛り合わせや天ぷらなどがすでに用意されていた。

「村越さん、どうぞ」

網浜は向かいの上座を手で示した。

根津にも促され、村越は靴を脱いで式台に上がり、網浜の向かいの座椅子に腰を下ろした。

「わざわざ、ご足労いただき、ありがとうございます」

「いや、俺こそ、本来は柳川さんやおまえに礼をしなきゃならねえのに。すまねえな、こんな席を用意させちまって」

「こちらこそ、申し訳ない。もっと広いところで女も呼んで豪勢に行きたいところなんですが、なんせ、こんなご時世ですから」

網浜が苦笑する。

「まあ、一杯どうぞ。おい」

網浜が根津を見やる。

根津は用意されていた冷酒の片口を取った。村越がぐい飲みをつかむ。根津は丁寧に酒を注いだ。

網浜にも同様に酒を注ぐ。

「さすが桐生さんだな。ビルの受付ではどうかと思ったが、しつけはしっかりしてる」

「勘弁してください」

根津はばつが悪そうに笑みを覗かせた。

「おまえも飲め」

「いえ、自分は――」

「いいから。かまわねえだろ？」

網浜を見る。

「村越さんがそうおっしゃるなら。おまえも用意しろ」

「ありがとうございます。では、少しだけ」

根津は猪口《ちょこ》を取って、酒を注いだ。

「では、改めて。今日はわざわざ、うちへ挨拶《あいさつ》に来ていただいてありがとうございました」

網浜がぐい飲みを目の高さに掲げる。

「こちらこそ、いきなりだったのに、ありがとう。根津、悪かったな」

「私の方こそ、失礼しました」

根津は猪口を両手で持ち、頭を下げる。

三人が一気に酒を飲み干した。根津はすぐに猪口を置き、村越と網浜に酒を注いだ。

「おまえも食え」

村越が根津に言う。

「いえ、私はこれで十分です」

根津は猪口を伏せた。

「あとはいいから、おまえは外を見張ってろ」

網浜が言う。

「はい。じゃあ、村越さん。私はこれで。失礼します」

両手をついて頭を下げ、建家から出た。

村越は根津を見送った。引き戸が閉まる。

「いい若えのだな」

「まだまだですけどね」

網浜が笑う。

「まあ、食ってください。本当は出来たてを持ってこさせたいんですが、なかなかそうもいかねえもんで」

「いいよ、これだけあれば」

村越は酒を飲み干した。網浜が片口を取ろうとする。

「いや、ここからは手酌でやろう」

村越は言い、片口を取って自分のぐい飲みに酒を注いだ。

「すみません。甘えます」

網浜は自分用の片口を取り、手元に寄せた。

村越は刺身や天ぷらをつまんだ。季節物をうまく料理している。口に広がった脂や素材の甘味を日本酒で洗うと、旨味《うまみ》がいっそう口の中に広がる。

「柳川さんは来ないのか？」

「親父はちょっと野暮用がありまして」

網浜は小指を少し立て、苦笑する。

「元気だな、柳川さんも」

村越は笑った。

「しかし、この店には昔何度か来たことがあるが、こんな離れがあったとはなあ」

「村越さんが来ていた頃は、ここは倉庫でした。五年くらい前に店に出資して、離れを作らせたんです」

「飲食店経営もしているのか？」

「いやいや、あくまで出資です。俺らが表に立つと、店潰《つぶ》されちまいますんでね。ただ、当局の取り締まり強化で客人を迎える場所もなくなっちまいましてね。困ったんで、自前で用意したというところです」

「それで、根津に見張らしてるのか」

「ええ。まあ、マル暴はとっくにつかんでるとは思うんですがね。連中も、あまり俺らを追い込むとどうなるかわかってるんで、飲み食いするだけならと目をつむってるようです」

網浜はため息をつき、ぐい飲みを空《から》にし、手酌で注いだ。

近年、日本全国で同様に、暴力団は追い詰められている。銀行口座は作れず、家も借りられなければ、車も買えない。飲みに出てトラブルを起こせば、一方的に悪いとされ、場合によってはトップにまで迷惑が及ぶ。普通の生活すらできないのが現状だ。

ほとんどのヤクザたちは、わずかなトラブルも避けるように、息を潜めて目立たぬよう存在を消して生きている。

確かに、反社会勢力ではある。褒められた組織ではない。

しかし、一般社会に馴染《なじ》めず、はみ出した者たちを抱え込み、暴走しないように抑え込むという一定の役割も果たしていた。

どれほど社会が〝きれい〟になろうと、はみ出し者がいなくなるわけではない。むしろ、排除された者は行き場を失い、憤懣《ふんまん》を溜《た》め込んで暴走する。

暴力団はないほうがいいのかもしれないが、社会が代わりとなる受け皿を用意できなければ、無法者を止める術《すべ》はなくなる。

村越のところのように、はみ出し者を受け入れて、一般社会で生きられるよう更生させようとする施設は少ないし、地域での理解もまだまだ得られていないのが現状だ。

そして、そうした策なき締め付けは、はみ出し者たちを地下へ潜らせている。

多くの一般人は、自分の周りからはみ出し者が消えるといなくなった、改善されたと思いがちだが、真相は違う。

単に見えなくなっただけ。いや、もっといえば、目の前に存在するのに見なくなっただけだ。

そうして〝無き者〟として放置していれば、いずれそれらは新たな形態をなし、新しい脅威となる。

村越は、裏社会に身を置いていたからこそ、そのような状況を危惧《きぐ》していた。

今回、一之宮からの依頼を受けたのは、自分が疎い金融関係の裏の実態を少しでも知っておきたいから、という理由もあった。

「にしても、このご時世に、店に出資できるほどの金を稼いでるとは、たいしたもんだな。どんなしのぎやってんだ？」

「まあ、こうしたところにダミー企業を通して出資したり、組に籍を置かなかった若いヤツに会社を興させて、そこの外部協力といった形で上米《うわまい》を撥《は》ねたり。そんな感じです。あ、そうだ。村越さんとこの若いのが入ったってＩＴの会社ですが、ＩＴゴロのようなことはしてますが、ケツ持ちはいませんでしたよ」

「なんだ、そのＩＴゴロってのは？」

「ＩＴ屋ってのは、その会社にシステムを導入するでしょう？　で、会社はそのシステムを使って仕事をする。言ってみりゃあ、社内のすべての動きがそのシステムで管理されてるということです」

「つまり、情報は筒抜けというわけか？」

「そういうことです。だいたい、システムを丸投げするような会社に、プログラムを扱える社員はいません。だから、ビッグデータを活用するためとか、社員の行動管理をするためと称して、いろんなデータを抜くプログラムを仕込んで、それを自社のサーバーに集めてしまえば、秘密金庫のできあがりというわけです」

「それをネタに脅すわけか」

「ええ。けど、ほとんどのところは巧みにやりますよ。直接、現金の授受があれば、サツも黙っちゃいない。だから、発注してきた仕事に何割かの上米を乗せて、割増料金で回収する。こんなもん、俺らから言わせりゃ、みかじめじゃねえかと思うんですがね」

「ほんとだな。しかし、おまえ詳しいな。やってんのか？」

「いや、俺は――と言いたいところですが、村越さんだから話しますとね。似たようなことは企業舎弟にやらせています」

「まあ、驚かねえよ。そんなことでもしてねえと、あのビルをキープはできねえだろ」

「おっしゃる通りで。親父はインテリまがいの真似はするなと言うんですがね。今日び、おしぼりや花を売ってもたかが知れてますし、景品交換所も俺らの代紋がちらついた途端にアウトです。みかじめなんてもってのほかだし。どうしても、短期で太く稼げて正体も隠せる商売っていやあ、ネット関係になっちまいます」

「株とかもやってんのか？」

「まあ、ぼちぼち。仕手筋じゃねえと儲《もう》かりませんけどね」

「あの、なんだ……あの、なんとか通貨ってやつ」

村越はわざと頭から無理やりひねり出したように訊《き》いた。

「ああ、仮想通貨ですか」

「それだ、それ。あれ、ずいぶん儲かるらしいじゃねえか」

「ニュースで騒いでるだけですよ。実際は乱高下しているように見せて、胴元が高値で売り抜いているだけですよ。俺もあまり詳しくないんで、手は出してないです。FXなんかも派手にやると睨《にら》まれるんで、手控えてますしね」

「そうか。俺はてっきり、近頃の連中はそっちで儲けてるとばかり思ってたんだがな」

「何か、そんな情報でも？」

「うちに入ってくる若いのが、そんなことをよく言ってんだよ。けど、おまえがやってねえんだったら、噂に近えのかもしれねえな」

「ほんとの若いインテリはやってるかもしれないですけどね。で、村越さん。ちょっと相談があるんですが」

網浜はぐい飲みを置いた。改まって、村越をまっすぐ見つめる。

「なんだ？」

「ちょいと仕事、手伝ってもらえませんか？」

「しのぎか？」

「まあ、俺らにとっちゃしのぎですが。いえね。さっきも話した通り、近頃は代紋を掲げたしのぎはどうにもならねえんで、普通の商取引を装わなきゃならないんです。それには、普通のヤツ、一般人ですわな。名目上、そいつらが役員してる会社が必要なんですよ。ただ、俺らの周りも厳しくなっちまいましてね。そこで、村越さんのところの、あまり垢《あか》が付いてねえヤツに名前貸してもらいてえんですが」

「俺んとこの若いのには、そんなことさせられねえよ」

「なんとか頼めませんか。この通りです」

網浜は少し下がって太腿《ふともも》に手を置き、頭を下げた。

「おい、やめてくれ。わかったよ」

「お願いできますか！」

網浜が顔を上げる。

「若えのは貸せねえ。おまえ、そのためにこの席を設けたのか？」

村越が睨んだ。

「ええ、まあ……」

「てことは、柳川さんも女じゃねえな。おまえの一存で来たんだろ。柳川さんも知らねえというわけだな？」

「そういうことです。すみません」

「遠回しに来やがって。まあ、いい。若え連中のは無理だが、俺のでよければ貸すよ」

「本当ですか！」

「ああ。おまえんとこには世話になったしな。借りは返してえから。その代わり、オレオレとかに使うのはなしだ」

「わかってます。ありがとうございます！」

網浜は深々と頭を下げた。

「で、何するんだ？」

村越が訊く。

網浜は顔を上げた。

「さっき話してた、ITゴロの会社を作ろうと思いまして。うまくいきゃあ、株やFXの仲介もやろうかと」

「なるほどな。聞かせろ」

村越は身を乗り出した。

5

「ふう、これで大丈夫だな」

光野は上体を起こし、椅子の背にもたれた。

モニターには、アップルハウスファンドの従業員・広田という営業マンの口座を作り、そこで何度となく金銭のやり取りを繰り返し、その過程でビットコインとＡＨＣの取引をしていた取引履歴を作った。

取引履歴は一年半前からの半年間のものだ。

後からもう一度、飛花から連絡があった。取引期間に飛花が五割損したように細工をしろとのことだった。

光野は匿名取引の中から損をした履歴を集め、その取引と連動するように、広田の架空口座の入出金状況を調整した。

目に映るところでは、飛花とアップルハウスファンドの広田が直接取引を行なっていたようには偽装できた。

銀行の支店で広田の架空口座を調べられない限りは大丈夫だ。

一時間もかからずに作業を終え、飛花が持っている別携帯のショートメールに〝完了〟とだけ送った。

詳細はまたいずれ、戻ってきた時に話すか、なんらかの方法で連絡するかになるだろう。

飛花が慎重に事を運んだところをみると、込み入った事情だと察する。

光野は、ＡＨＣのデータを扱ったついでに、解析中のＡＨアドレスの状況を開いてみた。

ずいぶんと取引実態が上がってきている。似たようなアドレスが上がってきているが、少しずつ数字やアルファベットが違う。モニターを埋め尽くすのは、AHやBTを頭に据えたランダムな文字数列だった。

自動でスクロールし、なんとなく眺める。画面のちらつきで、光野の顔が白くなったり青くなったりを繰り返す。

「あれ？」

光野はマウスをクリックし、画面を止めた。

少し戻してみる。

これまで、ランダムだった文字数列が揃っているところがあった。口座のアドレスだ。数十から五百近くのAHアドレスが、いくつかの取引口座に集約されている。

「なんだ、これ……？」

光野はデータを別のアプリケーションに取り込んだ。アドレスがどこにどう移動するのか、図式化するソフトだ。

元データを取り込みながら、同時にデータを図式化していく。

アドレスは円で表示され、そこから足のような棒が伸びる。それらがどんどん繋《つな》がり、脳の中のニューロンを表現しているような図式になる。

初めのうちは、細かい丸と線が増えるだけだった。

しかし、そのままデータを流し込んでいると、分散していた仮想通貨が数十箇所の口座アドレスに集約し始めた。

さらに、そこから七箇所の口座アドレスにまとまっていく。

「これは……」

同じような図式を見たことがあった。

光野は図式化を続けながら、別のパソコンで検索を始めた。

検索窓にワードを入れ、次々と検索していく。そして、探していた記事を見つけた。

「これだ」

光野が身を乗り出す。

マウントゴックスのサーバーがハッキングされ、大量のビットコインが消失したとされる事件だ。

その後、ホワイトハッカーの追跡で、犯人は大量のビットコインを分散して流出させ、一度追跡者を攪乱《かくらん》した後、共犯者の口座に集約させ、換金していたことが判明した。

コインチェックでＮＥＭが盗まれた時も、同じような図式でＮＥＭがいったん分散された後、集約されていたことが確認されている。

しかし、これらは犯罪組織が盗み出し、それを換金する方法として行なったものだ。

ＡＨＣは盗まれたわけでもなく、そこまで流通量が多いわけでもない。

「なぜ、分散と集約をする必要があったんだろう……」

呟《つぶや》き、ＡＨＣに関する情報を片っ端から探し、目を通していく。

集約が始まったのは、今年に入ってからだ。それまでは分散し続けている。

だが、もっとよく見ると、分散が始まるその前は、何箇所かの口座にAHCが集中していて、大きな円になっている場所があった。

それ以前もまた分散しているが、その分散数は、再集約後の分散に比べると規模は小さい。

光野はチャートに目を留めた。

一度目の集約前は、1AHCは日本円で二十円そこそこだった。それが二度目の集約から分散を始めると、一挙に取引量が増加し、百円、二百円、五百円と上がっていた。

「なるほど。ここで仕掛けたのか」

光野は眼鏡を押し上げた。

AHCを扱う交換所も、二度目の集約時から一気に増えていた。

つまり、AHC側が仕掛けて値を吊《つ》り上げ、旬の仮想通貨のように演出し、取引する個人客を煽動《せんどう》したということだ。

株で言えば、仕手戦のこと。もちろん、株や為替《かわせ》取引では、そうした意図的な価格操作は禁止されている。

しかし、仮想通貨においてはまだ法整備が不十分で、こうした仕手戦まがいの方法が横行していた。

ただ、いくら仮想通貨とはいえ、値を二十倍、五十倍と上げていくには、それ相応の資金がいる。

光野はふと思い出し、アップルハウスファンドに投資している顧客のリストを表示した。個人客の中から、羽佐間恵津子の名前を検索する。

恵津子の投資状況が出てきた。五年ほど前から繰り返し、AHCを購入していた。

その購入履歴とAHC取引が集約されている日付を重ねてみる。

「あー、投資してるなあ、この人」

光野は何度か頷《うなず》いた。

一度に数億単位。都合、二十億近く、AHCを購入し、分散して値が上がっていくところで少しずつ売っている。

だが、すべて売っているわけではなく、キープしながら買い増すこともある。

沢村は、平成のフィクサーと呼ばれている荒垣泰四郎との関わりを気にしていた。

光野も、恵津子の原資が荒垣から出ている可能性は否定しない。が、荒垣が絡んでいるなら、もう一つ桁《けた》が上がり、百億単位になるのではないかと感じる。

また、交換所を割り出してみると、そこそこ有名な交換所はあるものの、ほとんどは小さな国内外の交換所で、集約する際に中堅の交換所を使う程度だ。

荒垣が裏で仕掛けているとすれば、大手の交換所を使い、メディアで宣伝をかけるのではないかと思う。

「目的はなんだ……？」

光野は首を傾げつつ、ともかく、AHCを何度か集約させた時に使った交換所の名前を記録していった。

6

広田と理世は、かねて訪問を続けていた資産家の屋敷を訪れていた。

世田谷《せたがや》に居を構える香原恒男《こうはらつねお》という七十五歳の男性だ。あまり一般には知られてはいないが、〝エンジェル〟と呼ばれる個人投資家で、国内外のベンチャー企業に投資をしては育て、受け取った株式の売却益で巨万の富を得ている、投資関係の人々の間では有名な富豪だった。

香原はほとんど表には出ない。稼いだ金は次の投資に向けるだけ。飲食に金をかけたり、高級な車や衣服を買ったりすることもない。屋敷は立派でも、暮らしぶりは極めて質素だった。

家族もいない。独り暮らしだ。食事も自分で作っている。

本人曰《いわ》く、今の自分ほど金を持ってしまえば、その金が家族を不幸にする。それは見たくないとのことだ。

香原は貧しい幼少期を過ごした。父は戦死。母は女手一つで五人の子を育てた。

香原は母に楽をさせたいと思い、金融関係の仕事に就いた。金のあるところなら金が儲《もう》かると簡単に考えたからだ。

だが、銀行のようなまともな金融会社には入れず、当時、株屋と呼ばれ、ある種、忌み嫌われていた株取引の会社に入った。

しかも、そこで行なっていたのは、仕手戦と総会屋だった。

香原は仕手戦を仕掛ける資金を出す投資家を探す営業をしていた。

集めてきた資金の五パーセントが、歩合で自分の給料になる。仕手や総会屋が悪いことだとは知っていたが、かまわなかった。

香原は誰よりも資金を集めた。

香原には天性の才能があった。

香原は仕手株によって、営業をかける顧客を変えていた。

あまり儲からなそうな仕手株は、土地成金や地元の名士と言われて喜んでいるような連中に話を持っていった。

一方、地味でも確実に儲かる仕手株は、若手の政治家やそれを応援する支援者、成長しそうな地場産業の経営者などに話を向けた。そして、確実に儲けさせていった。

簡単に言えば、香原は〝鼻が利く〟人物だった。

将来性のある人物や企業を見抜く目に長《た》けていた。今、名前を聞けば誰もが知っている企業の創立者で、若き日、香原に育てられた者も多い。

香原はそうして歩合で稼ぎまくっていたが、過熱する株式投資のブームを警戒し、一足先に業界を去った。

その二年後に起こったのが、投資ジャーナル社による不正売買事件だった。兜町《かぶとちょう》の風雲児と呼ばれた中江滋樹《なかえしげき》が五百八十億円もの金を詐取した事件だ。その事件を機に、投資に関する法律は厳しくなり、仕手株や総会屋に関する対策も進んでいった。

香原は貯《た》めておいた資金で、企業に個人投資を始めた。将来性を見抜く眼力が富を生んでいく。

そうして稼いだ金で、母のために今住んでいる家を建てたが、母は屋敷が完成する前にこの世を去った。

それと同時期、兄姉からの金の無心が激しくなった。

香原も初めのうちは、苦労した兄妹を助けられるならと資金を提供したが、どう見ても失敗するとしか思えない事業を続け、自分の資金を食いつぶしていく兄姉たちの無才ぶりに業を煮やし、絶縁した。

その後、兄姉たちから罵倒《ばとう》されたことが、香原が家族を持たなかった大きな一因でもある。

香原は七十を過ぎても精力的に投資を行なっていた。一方で、退《ひ》き際も考えていた。

香原は投資できるだけ投資し、最後に残った資金で財団を作るつもりだった。世のために何かをしたいという思いは強い。

広田と理世は、その思いにつけ込んでいた。

仮想通貨は、貧しい若者が裸一貫で起業するための助けとなりうる。この芽を確実に育てたい、と。

慎重な香原だが、その話には耳を傾けた。

現在、十億もの資金を投ずる先を探しているとも話していた。

広田たちはその十億円をいただくつもりだった。残っている四件の顧客のうち、香原が最も太い。

この商談に失敗すれば、営業統括部長の川又や代表の三輪谷から何を言われるかわからない。

いや、二人の正体を知っているだけに、身の危険すら感じていた。

二階の書斎にいた香原が、リビングに降りてきた。ドアを開ける。

広田と理世は立ち上がった。

「まだ、いたのか……」

香原はため息をついた。

「香原さん。決断していただけませんか」

広田が迫る。

午後七時を回ったところ。この日は、正午に屋敷を訪れ、実に七時間も粘り、口説きにかかっていた。

何度も帰れと言われたが、居座っていた。警察を呼ばれてもかまわない。むしろ、警察の厄介になれば、捕まってしまったという言い訳も立つ。何の成果もなく、手ぶらで戻ることが最も恐ろしかった。

「私からもお願いします！」

理世が頭を下げる。

香原は広田と理世の向かいのソファーに座った。腕組みをし、二人を見やる。

「まあ、座りなさい」

香原が言う。

二人は一礼し、座った。

「君たちの熱意は受け止めた。一億なら、投資してもいいだろう」

「本当ですか！　ありがとうございます！」

広田と理世が頭を下げる。

「ただし、それで君たちとはお別れだ。今後、君たちの会社に投資することはない」

香原は淡々と告げた。

「どうしてですか？」

理世が涙を溜《た》めて、香原を見つめる。

「やめなさい。私に涙は通用しない」

冷淡に言い捨てる。

理世は顔を伏せ、眉《まゆ》を吊《つ》り上げた。

「アップルハウスファンドの内情は調べさせてもらった。君の会社の代表である三輪谷君。元暴力団員だね？」

香原は広田を見据えた。

広田の目尻《めじり》が引きつる。つい、香原に鋭い視線を向けた。

香原は微笑んだ。

「まあ、落ち着きなさい。私も元は仕手戦を張っていた人間だ。彼が元ヤクザであろうとたいして気にはしない。むしろ、この業界はそもそもそういう者たちの巣窟《そうくつ》だったわけだからね――」

香原の双眸《そうぼう》に年季の入った凄《すご》みが滲《にじ》む。

「三輪谷君がそういう経歴だから手を切ろうとしているわけではない。君たちが私に告げていない重大な事項がある」

香原は広田と理世を睥睨《へいげい》した。

「そろそろ、当局の手入れがあるそうじゃないか。なぜ、それを私に言わなかった？」

「それはただの噂で――」

広田が言いかけた。香原が言葉を遮る。

「広田君。火のないところに煙は立たんのだよ。特に金融業界はね。風説の流布と言うが、この業界に吹く風は、遅かれ早かれ、風を立てた者を飲み込む。君のところも、あと三カ月といったところか」

香原の指摘は的確だった。

「君たちがもっと早く、私にその事実を告げていれば、十億を出してもよかった。人間性の問題だよ。重大事項を隠して物事を進めようとする個人や組織は伸びない。何百という個人や企業に投資してきた私だからこそ言えることだ。一億は、君たちへのエールだ。君たちは不誠実ではあるが、的を定めた時の粘りは光るものがある。今から出す一億のうち、五千万は会社へ出しなさい。手ぶらではどうにもならんだろう。残りの五千万は、アップルハウスファンドと袂《たもと》を分かった後、君たちが独立起業するために使いなさい。三輪谷君については、私はあまり期待していないので、彼に投資するつもりはないが、君たちには多少の可能性は感じる。悪いことは言わん。彼とは手を切ることだ」

香原は腰を浮かせた。

「待っていなさい」

そう言い、ゆっくりとリビングを出る。

ドアが閉まる。広田と理世は大きく息をついた。顔を見合わせる。

「どうする?」

理世が訊《き》いた。

「どうするもこうするも。あそこまで読まれていては、これ以上引き出せない。部長には一億で手を打ってもらおう」

「無理よ。香原がどのくらいの資産を持っているか、部長は知ってるもの。五千万や一億では納得しないよ」

　理世は両手を握り締めた。

「取るしかないかな」

「待て。香原は、これまでの資産家とはわけが違う」

「でも、中途半端に一億円を持って帰っても、私たちが危ない――」

　話していると、ドアが開いた。

　右手に重ねて厚くした紙袋を持っていた。ソファーに近づき、テーブルに紙袋を置く。

「一億だ。持って帰りなさい」

　こともなげに言う。

　二人は中を覗《のぞ》いた。帯封の付いた一万円札の束が無造作に詰まっていた。

「君たちはまだ若い。がんばりなさい」

　香原はドア口に歩み寄った。ドアを開け、退室を促す。

　二人はゆっくりと立ち上がった。広田が紙袋を持つ。札束の重みがずしりと指にかかる。

　とぼとぼとドア口に歩いて行く。香原の前を過ぎ、廊下に出る。

　その時、理世が振り向いた。その場に正座し、頭を下げる。

「香原さん！　やっぱり、これでは帰れません。この金額では、私たち、ひどい目に遭わされてしまいます！」

額を床のカーペットに擦《こす》りつける。

「お願いします！　十億出してください！　必ず、必ずお返ししますから！」

理世が涙声で訴える。

広田もその隣に座り込んだ。

「僕からもお願いします！」

土下座をする。

香原は二人を冷ややかに見つめた。

「人生、危険はつきものだ。特に、金絡みの業界はね。君たちは、どんな理由があろうとそういう世界に足を踏み入れたんだ。覚悟が足りんね」

「何と言われてもかまいません！　お願いします。お願いします！」

「お願いします！」

広田と理世は頭を下げ続けた。

香原は深いため息をついた。広田が脇に置いた一億円の入った紙袋をつかみ取る。

二人は顔を上げた。

「情けない。その程度の性根では大成しない。君たちへの投資はやめだ。帰りなさい」

香原が冷たく言い放つ。

「出て行け、凡人ども！」

声を荒らげ、紙袋を持って二階への階段に足をかける。

広田が気色ばんだ。香原の背を睨《にら》みつける。内ポケットから飛び出しナイフを取り出した。脅すために、常に携帯していたものだ。

ストッパーを外し、刃を出す。

「香原……」

「ちょっと——」

理世は止めようと腕を握った。

広田はその手を振り払った。

「若いのをナメんじゃねえぞ！」

広田は刃先を香原に向け、床を蹴《け》った。香原の背に突っ込んでいく。

殺気を感じ、香原が振り返ろうとした。広田の手元を見やり、目を見開く。

刃《やいば》が背を貫いた。

香原は目を剝《む》き、広田の髪の毛をつかんだ。

「怒りもコントロールできんとは……。凡庸にも程がある……」

広田の頭皮に爪を立てる。

「うるせえ、じじい」

広田は二度、三度と背中を刺した。

血が滴り、カーペットや階段に飛び散る。

香原が膝《ひざ》を崩した。

広田は香原をうつぶせに倒し、太腿《ふともも》に跨《また》がった。何度も何度もナイフを振り下ろす。血肉が弧を描いて舞い上がる。広田の全身が返り血で染まった。

「やめて！」

理世が叫んだ。

広田が手を止めた。カーペットに血溜まりができていた。

香原はカーペットの毛に埋《うず》まり、絶命していた。

「どうすんのよ！」

理世が泣き叫ぶ。

「うるせえ！　こいつから取ろうと言ったのは、てめえじゃねえか！」

「殺せとは言ってないよ！」

「仕方ねえだろ！　もうやっちまったんだから！」

広田は顔を真っ赤にして、ナイフを足下に投げつけた。

理世はびくっとして、肩を竦《すく》めた。そのまま顔を両手で覆い、両膝《りょうひざ》を落とす。

広田は二、三度深呼吸をした。内ポケットからスマートフォンを取り出す。

川又に連絡を入れた。三度目のコールで川又が電話に出た。

「……もしもし、広田です。今、香原の家にいるんですが、ちょっとまずいことになりまして。はい……いえ、殺《や》っちまいました。すみません。はい……はい。お待ちしてます」

広田は電話を切った。

「ここで待ってろだと」

「冗談じゃない！　殺されるよ！」

「どうすんだよ！」

広田が怒鳴る。

理世の目が紙袋に向いた。口が開き、札束が少しこぼれている。血は被《かぶ》っていなかった。

駆け寄って、札束を掻《か》き集め、紙袋に詰める。

「逃げようよ」

紙袋を掲げた。

「これだけあれば、なんとかなる」

「でも、俺、こんなんだし……」

広田は血に染まった自分の胸元を見つめた。

「香原のスーツくらいあるでしょ。着替えてきて」

「しかし……」

「どうするの！　あんたが逃げなくても、私は逃げるからね。待たないよ！」

理世は自分のバッグを拾い、玄関へ駆け出す。

「わかった！　待ってくれ！　すぐに着替えてくる！」

広田が階段を駆け上がろうとした。

その時、玄関が開いた。

「おいおい、おまえら、どこへ行こうってんだよ」

小柄だががっしりとした体格のスーツを着た男が現われた。

「小黒《おぐろ》さん——」

広田の顔が引きつった。理世の顔も青ざめる。

「なぜ、こんなに早く……」

「あんまり長えからよ。おまえらがヘタ打つんじゃねえかと心配して、近くで待機してたんだ。まったく、大事な金づるをバラすとはなあ」

小黒はポケットに手を入れ、理世に近づいてきた。

理世の脇に立ち、紙袋を覗き込む。

「すげえ金じゃねえか。おまえ、ひょっとして、こいつを持ち逃げしようとしたんじゃねえだろうな？」

小黒が下から睨む。

理世はバッグで小黒を殴った。小黒は腕を立てて避《よ》けたが、よろめいた。

その隙に靴を突っかけ、玄関から出ようとドアを開いた。

瞬間、眼前に拳《こぶし》が迫った。

鈍い音がした。鼻梁《びりょう》が砕け、血が噴き出す。理世のスカートスーツがたちまち血に染まった。

男が立っていた。見たことのない男だ。男はよろめく理世の髪の毛をつかむと、腹に膝蹴《ひざげ》りを入れた。

理世は目を剝いて、胃液を吐き出した。後退し、式台に躓《つまず》いて、尻餅《しりもち》をつく。理世は両腕で腹を抱え、横たわって呻《うめ》いた。

小黒が歩み寄ってくる。

「おまえら、桐生金城をナメんじゃねえぞ」

理世を見下ろし、顎《あご》を蹴り上げた。

理世の顎が跳ね上がる。理世はそのまま気絶した。

「広田！　てめえも逃げるつもりだったんじゃねえだろうな！」

背を向け、声を張る。

「そんなわけないじゃないですか……」

広田の両膝は震えていた。

小黒は振り向いた。

「だろうな。すぐに全部処理するから、ちょっと待ってろ」

笑みを向け、顎を振る。

見知らぬ男が三人、四人と入ってくる。

そのうちの二人が広田の下へ来た。

「な……なんですか？」

広田の顔が引きつる。

一人が胸ぐらをつかみ、引き寄せた。足をかけられ、倒される。

「ま、待って——」

広田は尻をついたまま、後退《あとずさ》りした。

と、男たちは広田の前後に立ち、問答無用に蹴り始めた。

「やめろ！　やめて下さい！」

叫んで、小黒を見やる。

「全部、処理すると言っただろ？」

小黒は片笑みを浮かべ、冷酷な目を向けた。

「そんな……」

広田は、なす術《すべ》なく、蹴られ続けた。

7

沢村は、アップルハウスファンドのビルの入口近くで、出入りする人間の監視をしつつ、このビルのどこかで働いているであろう桃原理代子が出てくるのを待っていた。

理代子がアップルハウスファンドの社員という確証はない。もしそうならラッキーだし、別会社でも丸め込めば、ビル内の監視要員として使える。再会して損のない相手だった。

「理代子ちゃんか。あの子、地味に見えるけど、実は和風の美人で、案外スタイルも良いんだよな」

思い出しながら、にやにやする。

「よ、久しぶり！　なんて、偶然の再会のふりをして、話を聞くついでに食事して、飲んで、そのうちいい雰囲気になって、あんなことやこんなことになって――」

あらぬ想像で薄笑いが止まらない。

と、玄関から複数の男が出てきた。

沢村は壁際に身を寄せ、顔を伏せた。上目遣いにちらりと男たちを見る。

「川又か？」

険しい顔で部下を引き連れ、路上に停めていた車に乗り込む。

「おやおや、なんだか穏やかならぬ雰囲気ですな」

沢村はちらっとビルを見上げた。

アップルハウスファンドのオフィスの明かりはまだ点《つ》いている。

「あんなことやこんなことをしたいんだけど――」

うつむいて、小さく息をついた。

「仕方ない。また、今度だな」

沢村は路肩に出た。停まっていたタクシーに乗り込む。

「ご乗車、ありがとうございます。どちらまでですか？」

運転手が言う。

沢村は後ろを振り向いた。

川又を乗せた車が動き出した。沢村が乗ったタクシーの横を行き過ぎる。

「すみませんが、あのグレーのセダンを追ってくれますか？　品川３０２の――」

「警察の方ですか？」

「そんなもんです。急いで。見失わないように」

「本当ですか？」

「なんでもいいから、早く追って！　金ならあるから！」

ポケットから一万円札の束をつかみ出して見せる。

「面倒はごめんですよ」

「オレもだよ」

沢村は言い、川又を乗せた車を見据えた。

第4章

1

川又を乗せたグレーのセダンは、世田谷の高級住宅街へ入っていった。

沢村の乗ったタクシーは百メートルほど後方にピタリとくっつき、セダンを追っていた。

「それにしても親父さん、尾行うまいねえ」

沢村がフロントガラスの先のセダンのテールランプを見つめながら言う。

「まあ、俺もこの道三十年だからな」

タクシーの運転手はまんざらでもない様子でにやつき、小鼻をうごめかした。

「ここは、どのへんなんです？」

「世田谷区松原《まつばら》。羽根木《はねぎ》公園の周りだな。昔からの高級住宅街だよ」

「しかし、細い路地ばかりだね」

「そりゃそうだ。昔、豪徳寺《ごうとくじ》あたりに城があってね。その城を守るために、周りにわざと入り組んだ道を作ったんだ。世田谷に細くて曲がった道や行き止まりが多いのは、そういうことだ」

「へえ、知らなかった。親父さん、物知りなんだね」

「それほどでもねえよ。こんなのは常識だ」

運転手はさらににやつく。

「あのセダン、どこに行くんだろうね」

「それは、さすがの俺でもわかんねえ」

運転手が言う。

「任せときな。俺は豪徳寺がベースだから、このへんはよく知ってる。袋小路に入り込んだりはしねえよ」

初めは渋々追跡していた運転手も、沢村の口車に乗って、途中からはノリノリで尾行するようになっていた。

セダンは細い路地を右に左にと進んだ。タクシーも気取られないよう、つかず離れず、時にはライトも落としてついていった。

そして、セダンが少し広い路地から右に曲がったところで、タクシーが停まった。

「あー、ここまでだね、お客さん」

「どういうこと？」

「この先は行き止まりなんだ。あのセダン、3ナンバーのいい車だから、おそらく、この奥の香原さんちに行ったかもしれないね」

「香原さんって？」

「投資家の人らしいね。俺もよくは知らないんだけど、豪邸だから、それなりに稼いでるんじゃないかな」

運転手が言う。

なるほど、投資家の家か。

沢村は胸の奥でほくそ笑んだ。

「わかった、親父さん。ここでいいよ」

「中へ入ろうか？」

「いやいや、袋小路に入れるわけにはいかない。ここまで追跡してくれただけで十分だ。親父さんで助かったよ、ほんとに。ありがとう」

「お客さんを希望通りに送り届けるのが俺たちの仕事だからな。礼はいらない。じゃあ、精算するよ。さっき、一万円もらったから」

「ああ、いいよ。おつりは取っといて」

「そりゃ、もらいすぎだ」

「いいって。無茶を聞いてくれたんだから。気持ちだよ」

「そうかい。じゃあ、ありがたくいただいとくよ」

運転手がドアを開けた。

沢村は車を降りた。

タクシーのテールランプを見送って、路地の奥に目を向ける。周囲の住宅は寝静まっていた。

路地を入ると、手前に二、三軒、戸建てがあった。そこから先は壁面が続いていた。

壁に身を寄せ、周りに注意しながら奥へ進む。

やがて、狭い道が開け、その先に大きな門が現われた。二間はゆうにある大きな木の門だった。

セダンはない。おそらく、敷地に入ったのだろう。

沢村は門周りを見た。右手に勝手口がある。沢村は防犯カメラに気をつけつつ、勝手口を軽く押してみた。

「おやおや……」

開いていた。

「不用心だな」

そのまま勝手口を開き、中へ入る。

敷地内はちょっとした林だった。木々の中を舗装された道路が屋敷に向かって延びている。

沢村は林の木々に身を隠しながら、少しずつ屋敷へ近づいていった。

屋敷の明かりが庭に漏れていた。何やら、人のざわめきが聞こえてくる。

沢村は玄関先が見える木の陰に身を寄せた。屋敷のほうを見やる。

追ってきたセダンは玄関前に停まっていた。その横にはSUVとワンボックスが一台ずつ停まっている。

玄関先にはラフな恰好《かっこう》をした者やスーツを着た者がたむろしていた。いずれも男だ。

屋敷左奥の林の中で明かりが揺れた。沢村はしゃがみこんで明かりの筋を避《よ》け、そこに目を向けた。

スコップを持っている男が見えた。その脇に土の山がある。庭を掘り返しているようだ。

スコップの男がいた場所から、若い男が玄関先へ走ってきた。

「準備できました」

という声が、沢村の耳に届く。

「準備？」

小首をかしげ、玄関先に目を向ける。

丸めた毛布の端を持った男が出てきた。真ん中や反対側の端を抱えている男もいる。細長く丸まっている毛布は重そうだった。

目を凝らす。毛布の真ん中あたりに赤い染みがある。

「おいおい、まさか……」

沢村の頬が強《こわ》ばった。

端を持った男が少し足を取られた。重みがかかり、他の男たちもバランスを崩す。毛布が男たちの足元に落ちた。閉じていた毛布が開く。

沢村は中からこぼれ出たものを見て、すぐさま幹に背を寄せ、身を隠した。

「まいったな……」

夜空を仰ぐ。

目に飛び込んできたのは、間違いなく〝遺体〟だった。誰かはわからないが、おそらくここの家主・香原だろう。

桃原理代子に偶然を装って接触し、甘い夜を過ごしながら情報を引き出す予定が、死体を遺棄する現場に遭遇してしまった。

「今日はツイてないな」

こういう日は無理しないに限る。

沢村は木の幹に姿を隠して立ち上がった。屋敷からこっそり立ち去ろうとする。

男たちの様子を見ようと振り返った。

その目に女性の姿が映った。

沢村は足を止めた。

男に腕をつかまれ、うなだれている。髪は乱れ、その隙間から覗《のぞ》く頬や目尻《めじり》は殴られたのか、腫《は》れている。かなりの暴行を受けたようで、服も血まみれで、鼻から下は膨れ上がっていた。

「ひでえなあ。女の子になんてことを」

哀れんで見つめていたが、見覚えのある雰囲気だ。目を凝らす。

「あれは……」

沢村は目を見開いた。

桃原理代子だ。

抵抗する気力も失っているようだった。

その後ろから、別の男に連れられた若い男が出てくる。スーツの胸元は血だらけだが、足取りはしっかりしている。

しかし、理代子同様、激しい暴行を受けたようで、顔はパンパンに腫れあがっていた。

他の男たちに暴行を受けた跡は見られない。

状況から推察するに、スーツの男と理代子が香原と揉《も》めて、男が香原を殺してしまったというところか……と、沢村は思った。

沢村は膝《ひざ》を立てて座り、木の幹にもたれた。大きく息をつく。

トラブルに巻き込まれないよう逃げたいところだが、このままでは理代子が消息を絶ってしまう。

おそらく〝処分〟されるだろう。

「どうするかなあ……」

沢村はスマートフォンを取り出し、次なる行動を考えつつ、カメラのレンズを玄関先に向け、動画を撮り始めた。

2

光野はAHCが集約された取引所のアドレスを解析する一方で、三上リンこと羽佐間恵津子の履歴を時系列でまとめていた。

三上リンが姿を消し、羽佐間恵津子としてメディアに復活する空白の十年のことが、少しずつだがわかってきた。

噂の域を出ないものも多いが、興味深い記述もある。

中でも、三上リンとして活動していた末期に、事務所がキャラ替えを狙っていたという記述はおもしろい。

事務所は、派手な顔つきとスレンダーなボディーを持つ三上リンを、爽《さわ》やかな色気を持つ大人の女性として売り出そうとしていたがパッとしなかった。

そこで、株式投資を勉強させ、知的なキャラクターへの転換を図ろうとした。

その時、知り合ったのが、当時、相場師として名を馳《は》せ、投資関係のコンサルティングやセミナーを行なっていた倉地貴成だという話だった。

倉地は、沢村が持ち帰ったアップルハウスファンド前で撮った写真にも写っていた人物だ。

三上リンが倉地のセミナーに通っていたことは、当時、セミナーに参加していた者の証言で裏が取れている。

しかし、三上リンは、一年間のカリキュラムが組まれているセミナーを半年でやめ、突如、グラビアアイドルからの引退も宣言し、表舞台から姿を消した。

一方、倉地は三上リンが姿を消したのと時を同じくして、現在の品川経済研究所を起《た》ち上げている。

シンクタンクの創設は誰にでもできる。が、それ相応の知見と資金と人脈が必要だ。

倉地は相場師として金融業界の裏を知り尽くしている。そのあたりの知見に、さしたる問題は見当たらない。

創設資金も、倉地が稼いでいたと言われる当時の収入からすれば、起ち上げには十分だったろうと思われる。

不可解なのは人脈だった。

シンクタンクの主な仕事は、官公庁などからの依頼を受けて、プロジェクトに沿ったデータを収集分析し、政策提言の基礎データを作り上げることだ。

民間のシンクタンクは自社の経営分析を行なうという側面も持つが、倉地のように自企業を持たないシンクタンクの主な取引先は、やはり官公庁となる。

官公庁へ近づくためには、政治力が必要だ。

株を取り扱っていた倉地には、政治家とのなんらかの付き合いはあっただろうと思われるが、調べてみたところ、有力政治家との目立った関わりは見当たらない。

とはいえ、何の展望もなく、シンクタンクを起ち上げるとは思えない。

さらに調べたことを時系列でまとめていくと、三上リンが引退する間際、政治家のパーティーで目撃されていた。

関係者がブログやSNSに上げた当時の写真を見つけ、顔認証をかけてみる。

三上リンがいた。その横には、和服を着て口ひげを蓄えた壮年の紳士がいる。荒垣泰四郎だ。深紅のドレスに身を包んだ三上リンは、ずっと荒垣に寄り添っていた。

倉地の姿もあった。列席者が荒垣に一礼しては離れていく中、何度となく荒垣のそばに寄り、時折、荒垣や三上リンと顔を寄せて話しているような場面も多く撮られていた。

それらの写真からは、三者の親密ぶりが見て取れる。

光野は、三人の力関係から図式を考えてみた。

まず、三上リンが事務所の意向を受け、株式投資を学ぶ過程で倉地と知り合った。昔から相場師をしていた倉地が、フィクサーとして暗躍していた荒垣を知っていた可能性は高い。

そうした関係性から考えると、倉地が三上リンを荒垣に紹介したというところではないかと思われる。

平成のフィクサーの後ろ盾を得た三上リンは、もはや小さな事務所で売れないグラビアアイドルの身分にしがみついている必要もなくなったので引退。

倉地は三上リンを紹介することで荒垣との接点を密にし、その人脈を利用して、シンクタンクを設立した。

そう考えると、三者三様に利益があり、単純ながら合点がいく。

「やな構図だな……」

光野は自分で作った図式を見つめ、呟《つぶや》いた。

荒垣の側近、もしくは愛人のようになった三上リンの動向は、その後三年間、聞こえてこなかった。

三上リンが次に表舞台に現われたのは、芸能界を引退して五年後のこと。インターネットの動画サイトに、経済評論家・羽佐間恵津子として登場した。

かつて売り物にしていた肉体の露出は控えめで、小麦色に焼けていた肌も白くなり、茶色でセミロングだった髪の毛も黒いロングに変わっていたからか、当初、羽佐間恵津子が三上リンだと気づかない人たちも多かった。

動画では主に株式相場の分析と予測をしていたが、それが当たると評判になり、フォロワーの数も急激に増えていった。

恵津子は閲覧者の増加と共に、少しだけ肌の露出度を上げた。

すると、主に中年男性の間で〝美人すぎる経済評論家〟として話題となり、テレビの討論番組に出演するようになった。

若手論客として弁舌を振るう一方、女性の起業家への支援も積極的に行なったことで、〝意識高い系〟の女性たちからの支持も得て、売れないグラビアアイドルから若手の美人文化人へのシフトに見事成功した。

ただ、テレビでの活動期間は二年弱と短かった。

ある程度、名前と顔を売った後は、個人事務所を設立し、高額セミナーを主宰するなどの活動に従事し、現在に至っている。

羽佐間恵津子のセミナーでは、早くから仮想通貨についての講演も行なわれていた。

恵津子は講演の中で、仮想通貨を〝次世代の優良投資先〟、〝若手起業家の新たな資金調達方法〟と絶賛し、積極的に取引を勧めていた。

講演内の推奨銘柄として、ＡＨＣも挙がっている。

光野は、ＡＨＣが分散と集約を繰り返した時系列と三上リンが羽佐間恵津子へと転換した時間軸を並べてみた。

と、ＡＨＣの集約が始まる節目で、羽佐間恵津子の高額セミナーが頻繁に行なわれていることがわかった。

恵津子がＡＨＣへの投資を誘導していた可能性が高い。

といって、それが即、アップルハウスファンドに深く関わっているという証左にはならない。

「このアドレスのうち、どれかが羽佐間恵津子だったらなあ」

光野はＡＨＣが集約した口座アドレスを見つめ、眼鏡のつるを摘《つ》まんで持ち上げた。

「あれ？」

つるを摘まんだまま、身を乗り出す。

ＡＨＣと口座のアドレスを眺めていて、その後ろに別の英数記号が並んでいるものがあることに気づいた。

アドレス以外の英数列があるものを検索にかける。全体の十分の一ほどのアドレスが選別されて並んだ。

あきらかに仮想通貨や口座のアドレスではない。新たに見つけた英数列には、その手のアドレスに使われることのない記号が記されている。

「なんだ、これ？」

アドレス以外の英数列を分離して並べ、別モニターに表示する。

光野は椅子に深くもたれ、英数列をじっと見つめた。

「あ、そうか！」

はたと思いつき、身を乗り出す。

暗号化されたファイルやテキストを解除するソフトを起ち上げ、それに数列を入れ、試していく。

デジタルデータの暗号化には無数の種類がある。その一つ一つをすべて探るのは難しいが、なんらかの法則がわかれば、そこから解き明かすこともできる。

光野は次々と試した。そして、一つの暗号化解除ソフトで、数列の一部が文字となった。

光野の目が大きくなる。

「へえ、今どきめずらしい。ハッシュアルゴリズムか。ということは、キーとなるワードを見つけてしまえば、暗号化解除できるな」

光野は独り言ちてにやりとし、何度も頷《うなず》いて解読を続けた。

3

沢村は玄関先を見つめていた。川又が屋敷から出てきて、セダンに乗り込む。後部ドアの脇で小柄な男が深々と頭を下げている。

セダンが動き出した。沢村は木の陰に身を隠した。

車が脇を通り過ぎる。

川又はどうやら、現場を見に来て指示を出しただけのようだった。

沢村は去っていくセダンの動画を撮り、再び屋敷近辺にカメラを向けた。

小柄な男は最後まで見送り、上体を起こした。そのまま屋敷へ入っていく。

「あいつが現場のリーダーか」

沢村は玄関周辺を改めて見回した。

男たちは屋敷内と庭に分かれていた。

理代子ともう一人の顔が腫《は》れた男は、遺体を埋めようとしている穴の縁まで連れていかれていた。

穴から土にまみれた男がスコップを持って上がってきた。

男が頷くと、別の男たちが毛布にくるんだ遺体を穴に放り込んだ。

「あらら、これはまずい展開だな」

沢村は深く息を吐いた。

この流れでは、理代子ともう一人の男が生き埋めにされるという展開もあり得る。

沢村は動画を撮りながら、思案した。

今ここから警察に連絡を入れれば、急行した警察官に男たちは一斉検挙されるだろう。

動画は川又の姿もとらえているから、その関連で三輪谷を拘束することもできる。

しかし、今、川又や三輪谷が拘束されると、彼らの背後にある何か、背後にいる何者かは一斉に姿を消す。

その何者かは、アップルハウスファンドとの関わりを瞬時に消去し、一之宮の目的である金主や資金の出所、洗浄の内偵は困難となるだろう。

三輪谷たちが逮捕されることで、自分たちが解放されるならいい。

が、もし、その後も捜査を継続しろと命じられれば、それこそ袋小路に陥る可能性もある。

一之宮に長々と束縛されるのは耐えられない。

「仕方ないか……」

沢村は木の陰に身を隠したまま、立ち上がった。

スマートフォンをポケットに突っ込み、手に少し土をつけて、上着やズボンを軽く汚した。

大きく一つ深呼吸をして、木陰から出る。

沢村は庭の穴に向かって走り出した。足を上げ、わざと息の切れる走り方で遺棄現場に駆け寄る。

気配を感じ、男たちが一斉に目を向けた。

「やべえ！　サツがうろついてる！」

開口一番、息を継ぎながら言った。

「中に報《しら》せろ！　おまえらもいったん中へ入れ！」

危機感を煽《あお》る。

男たちの動きが止まる。が、半信半疑なのか、動かない。

「何やってんだ！　踏み込まれたら、全員持ってかれるぞ！」

沢村は声を張った。

鬼気迫る沢村の演技に、一人の男が屋敷へ走った。それを機に、他の男たちも屋敷へと駆けていく。

沢村は素早く理代子に駆け寄り、腕をつかんだ。

「てめえらも来い！」

強く引っ張ると、理代子がよろけた。沢村は身を寄せ、耳元で囁《ささや》いた。

「抵抗して」

「えっ？」

理代子が顔を上げる。

沢村は顔を見せ、微笑んだ。

「あなた……」

「抵抗するんだ」

沢村が言う。

理代子は理由もわからず、沢村の腕の中で暴れた。

近くにいた男が手助けしようと近づく。

「こっちはいい！　ヤツを早く連れていけ！」

顔の腫れた男に目を向ける。

手助けしようとしていた男は、顔の腫れた男を連れ、屋敷へ戻っていく。

沢村は理代子に抵抗され、てこずっているような様子を見せた。男たちが屋敷の玄関先まで行き、沢村と理代子が最後尾になる。

沢村は男たちがみな、背を向ける時を狙っていた。

そして、わずかに男たちの視線が途切れた瞬間、理代子の手を握った。

「走って！」

沢村は屋敷の周りに広がる林の奥へ、理代子を連れて走った。

「待って！ そっちは出口じゃない！」

「いいんだ！　僕を信じて！」

沢村は言い、理代子を引っ張った。

二人で林の奥へ全力で走る。屋敷の明かりが途切れ、薄暗い壁際に行きついた。

沢村は理代子と共に、壁と木の隙間に潜り込み、しゃがんだ。

「あなた、中森さんよね？」

「お久しぶりです、桃原さん」

薄闇で微笑む。

「なぜ、ここに——」

「京町先生からの紹介で、香原さんは知っていたんです。今日の午後十時から、ここでオレの仕事の話を聞いてもらうつもりだったんですが、来てみたらなんだか物騒な感じになってて。そこに桃原さんがいて、驚きました。すごいケガをしてたから人違いかと思ったんですけど、僕が桃原さんを間違うわけないですし。ともかく、誰であろうと、なんか助けなきゃいけないような感じだったんで」

沢村はぺらぺらと出まかせを口にする。

が、理代子は少しだけ安堵《あんど》したようだった。気が緩んだ途端、震え始める。

沢村は理代子の肩を抱き、引き寄せた。理代子の胸が脇にあたり、温かい。髪からは甘い香りが漂う。

沢村は思わずにやついた。

「でも、こんなところに隠れていると、いずれ見つかるんじゃ……」

不安を口にしたその時、玄関先から怒鳴り声が聞こえてきた。

「女はどこへ行った！」

その声に、理代子がびくっとする。

沢村はますます強く、理代子を抱き寄せる。理代子も沢村の腰に腕を回し、しがみついた。

「捜してる……」

「大丈夫。彼らは僕たちがここから逃げだしたと思ってる。捜すのは、屋敷の外です。それに、あなたが逃げたとすると、警察がここに踏み込んでくる危険性も高まるから長居はできない。少し待っていれば、彼らはここからいなくなります」

「そんなにうまくいくでしょうか……」

「僕を信じてください」

優しく語りかける。

理代子が不安げに顔を上げた。

沢村は力強く頷いて見せた。

4

翌日の昼過ぎ、村越は吉祥寺のアジトには帰らず、いったん登戸で運営している更生施設へ戻った。

桐生金城の人間が尾行していたからだ。尾行には電車に乗る前から気づいていたが、知らぬふりをしていた。

「あ、村越さん、お帰りなさい」

金髪の若い男が声をかけてきた。

「おう。俺の留守中に問題なかったか？」

「大丈夫です。みんな、真面目にやってますよ。村越さんのいねえ時に騒ぎ起こして、あとでバレたら殺されますからね」

「俺はカタギだと言ってるだろうが」

村越が笑う。

「ところで、あいつら、なんすか？」

金髪男は村越の肩越しに電信柱の陰に鋭い視線を向けた。

「あいつらって？」

村越は初めて気づいたふうを装い、振り向いた。

尾行してきた若い組員二人が、サッと電柱の陰に身を隠した。

「おい、おまえら！　入所希望者か？」

大きい声で語りかける。

と、二人の男は背を向け、走り去った。

「何なんすかね、あいつら。捕まえてきましょうか？」

金髪男が睨《にら》む。

「ほっとけ。もし、入所希望者だったら、話を聞いといてくれ」

「わかりました。そういえば、しばらく帰れねえんじゃなかったんですか？」

「その予定だったんだがな。話はすぐに終わったから戻ってきたんだ。ただ、これからちょいちょい、ここを空けることになると思うから、俺がいねえ時にはみんなで助け合って、がんばってくれ。俺はこれからもう一度、出かけなきゃいけねえから、頼むな」

金髪男の二の腕を叩《たた》き、一階の自分の部屋へ入った。

「これで、連中も信用しただろう」

村越はにんまりとした。


二時間ほどほとぼりを冷まし、吉祥寺のアジトに戻った。

光野が満面の笑みで出迎えた。

「おかえりなさい。早かったですね。いや、遅かったのかな？」

「どっちでもねえよ」

村越は笑い、廊下に上がった。

「他の連中は？」

「昨日、沢村さんが戻ってきたんですけど、すぐ出て行きました。飛花さんからは何度か電話連絡がありましたが、昨日の夜以降はパッタリです」

「サボってんじゃねえのか？　特に、詐欺師野郎は」

「そうでもないですよ。いろいろと情報を持って帰ってきてくれましたし」

話しながらリビングへ入る。

「コーヒー飲みますか？」

「ああ、ありがとう」

村越は返事をし、二人掛けソファーの真ん中に腰を下ろした。

光野が作り置きのコーヒーをカップに注ぎ、戻ってきて村越の前に置いた。

村越はコーヒーを啜《すす》り、息をついた。

「何か進展はあったか？」

「まあ、ぼちぼち。飛花さんは今、仮想通貨の取引所のアドレスを手に入れる算段を進めているようですし、沢村さんによるアップルハウスファンドの調べも進んでいます」

「おまえの方は？」

「僕は、羽佐間恵津子がグラビアアイドルから経済評論家に転身するまでの時系列の精査と、AHC取引の分析をしていました。そこでおもしろいものを見つけたんです」

光野はテーブルに置いていたタブレットを取り、起動した。二階の自室にあるパソコンのデータを遠隔操作で呼び出し、表示する。

「これなんですけどね」

村越に渡す。

村越は画面を見た。英数と記号の羅列の中に〝15ji〟〝kura1000〟〝7day nuke〟といった文字が散見された。

「なんだ、これ？」

「AHCを取引する際に付記されたメッセージです」

「メッセージ？　なんでこんなに中途半端なんだよ」

「ある暗号形式を使ってまして、その暗号を解くキーワードを探しているところです。これが解読できれば、AHC取引の一端が把握できると思います」

「よくわからんが……。それは何よりだ」

村越はタブレットをテーブルに置いた。

「村越さんの方は収穫ありましたか？」

「昨日、桐生金城の若頭と会ってたんだがな。俺に名義を貸してくれと言ってきた」

「名義を？　何をするんです？」

「ITゴロの会社を作りてえんだと」

「ああ、システムを納入して、情報を集めて脅すというやつですね」

「知ってんのか？」

「昔からある手口です」

光野はさらりと言った。

「ついでに、株やＦＸもやりてえそうだ」

「ＩＴと金融は近いですからね。そうした怪しい企業はたくさんあります。けど、なぜ村越さんに？」

「ヤクザは準構成員まで把握されていて、普通に起業することができねえんだよ。抜けても五年経たねえと、カタギと認められない。その間、ローンを組んだり、通帳を作ったり、携帯を契約するにもひと苦労だ。だから、新しく会社を興そうとする時は、色の付いてない不良を雇ったり、俺みたいにカタギになった連中を使おうとする」

「でも、それで起業すれば、関連企業となるんでしょう？　せっかくカタギさんになったのに、また元の道に逆戻りじゃないですか」

「わかっちゃいるんだがな。世間の風当たりは半端ねえ。耐えきれずに、話を受けちまうヤツも結構いる。自業自得とはいえな。完全にヤクザと関係を断つのは難しいんだ」

村越がため息をつく。

カップを取って、コーヒーをグイッと飲んだ村越は、太腿《ふともも》を一回パンと叩いた。

「まあ、それはともかく。この話を受けることにした」

「中へ入り込むというわけですか？」

「そうだ。連中、アップルハウスファンドが自分らの企業舎弟だということはおくびにも出さなかった。総長の柳川さんも知っているようなんだが、口を閉ざした。それだけ、あそこのしのぎはでけえというわけだ。ただ、俺が起業に協力すりゃあ、いずれ、そのあたりの情報も漏れてくるだろうよ」

「ミイラ取りがミイラになることはないですか？」

光野が眼鏡を押し上げ、じっと村越を見つめた。

「一之宮の監視付きだ。戻りたくても戻れねえよ」

村越は笑って流した。

「それもそうですね」

光野も微笑む。

「そこでだ。一之宮に伝えといてくれ。俺の起業を邪魔させねえようにしてくれと」

「誰が邪魔するんですか？」

「マル暴だよ。俺たちは何年経とうと、連中の監視対象だ。俺が桐生金城と接触したという噂は、いずれ流れる。そうすりゃ、警視庁と栃木県警のマル暴が潰《つぶ》そうとするだろうからよ。そこを抑えるように言っとけ」

村越は言い、コーヒーを飲み干して立ち上がった。

「あれ、どちらへ？」

「登戸に戻る。桐生金城の連中が尾行してきた。いきなり、宇都宮に現われた俺を疑ってる証拠だ。ちょっと、こっちに来る回数は減ると思うが、報告はする。仲立ち頼むな」

「村越さんもいないんですか……」

光野がシュンとする。

「おまえがここにいてくれるから、俺たちが自由に動けるんだ。頼りにしてるぞ、相棒」

「相棒」

光野は言葉を反芻《はんすう》し、頰を赤らめ微笑んだ。村越が部屋を出る。光野は玄関までついていった。

「じゃあ、よろしくな」

村越は右手を挙げ、アジトを出た。

玄関のドアが閉まる。

「相棒か……。いいな」

光野ははにかみ、軽い足取りで二階へ上がった。

5

ロックから連絡が来たのは、彼と会った二日後の夜だった。

入金を確認したので、裏交換所サイトのアドレス一覧を渡すというものだった。

指定されたのは、滋賀県の琵琶湖《びわこ》湖畔にあるショッピングモールだった。女子トイレの個室に隠してあるという。

飛花は翌日の正午前、京都の宿泊先からタクシーで直接、指定されたショッピングモールに出向いた。

二階建ての広大なショッピングモールだった。アパレルショップや雑貨店、ドラッグストア、飲食店が各フロアにひしめいている。フードコートの北側にはテラスがあり、琵琶湖が一望できた。

飛花は周囲を警戒しつつ、建物の中へ入った。

ここはかつて潰れかけたが、別の会社が引き取り、再生させた場所だ。再開後、週末は多数の客で賑《にぎ》わうものの、平日はそれほどでもなく閑散としている。

飛花は中央のエスカレーターで二階に上がった。指定されたのは上がって右手、建物の東側にある女子トイレだ。

左右へウイング状に延びた通路は見通しがいい。何者かに尾行されていれば、すぐにわかる。

飛花は通路の中央を歩き、東端へ向かった。フードコートのテラスのあるフロアだ。トイレはその手前のエレベーターがある奥まった場所にあった。

昼時でそこそこ親子連れや近所の老人はいるが、目隠しとなるほどの人数ではない。エレベーターホール前に人はいなかった。

飛花は周りを見回し、素早く女子トイレに入った。個室が四つ並んでいた。一番奥の個室に隠してあるという話だ。

全個室、扉は開いていた。用を足している人はいない。

飛花は最奥の個室に入って扉を閉め、鍵《かぎ》をかけた。

トイレットペーパーのホルダー、給水タンク、便器、天井、仕切りの縁など、隠してありそうな場所をくまなく探してみるが、それらしいものは見つからない。いじった形跡もない。

「おかしいねえ……」

と、表で物音がした。

飛花は動きを止めた。ガサゴソとビニール袋を広げるような音がする。

仕切りの縁に指をかけ、懸垂し、表をそっと覗《のぞ》く。

清掃員がいた。モップを出し、掃除の用意をしている。

飛花は静かに降り、便座に腰かけた。やり過ごそうと思いかけた。

その時、扉の向こうから強烈な殺気を感じた。ドアに穴が開いた。鋭い穂のついた槍《やり》が飛び込んでくる。

飛花は上体を右に傾けた。長い髪がなびく。穂は髪の端を掠《かす》めた。切れた髪の毛がはらりと舞う。

再び、槍が飛び込んでくる。

飛花は便座に飛び乗った。ジャンプし、仕切りの縁を握る。体を横にして丸め、狭い仕切りの隙間を飛び越えた。

表に躍り出る。清掃員を装った敵は、すぐさま飛花を認め、槍を上方へ振った。

飛花はトイレの壁を蹴《け》った。清掃員の頭上を飛び越える。穂は空を切った。

床に手を突き、前方へ一回転して立ち上がる。飛花は逃げずに足を止め、振り返った。

「ずいぶんなおもてなしじゃないか。私に刃《やいば》を向けたこと、後悔させてやるよ。来な」

スッと身構える。

敵の右腕が伸びた。穂が喉《のど》を狙ってくる。

飛花は踏み込んだ。わずか数ミリで切っ先をかわし、槍に左腕を回してつかむ。右の拳《こぶし》を握り、相手の腹にぶち込もうと腕を引く。

と、相手の左手に光る物が見えた。飛花は上体を起こし、反射的に反った。

光る物が顎先《あごさき》を掠めた。

飛花は槍の柄を左側に振った。敵がバランスを崩し、よろけて、槍を放す。

飛花は槍を持ったまま、後方へ飛び退いた。

敵の手元を見る。鉤爪《かぎづめ》のようなナイフを握っていた。

「カランビットじゃないか。おまえ、シラット使いか？」

飛花は敵を睨《にら》んだ。

敵は腰に手を回し、右手にもカランビットを握った。

飛花は槍を足下に落とした。

「おもしろい。相手してやるよ」

再び、半身になり身構える。

相手が攻めてきた。足を踏み出すたびに敵の腕が舞い、上下左右から切っ先が弧を描いて飛花を襲ってくる。

飛花はかすかに後退しながら、間合いを見切って、手首の外側を手のひらで叩《たた》くようにしてディフェンスをした。

ナイフを持っている腕を外から内へ弾《はじ》くように防御すると、敵の腕は内側に折れ、切っ先が自分に向くことはない。

相手が右腕を振り下ろした。身をかわし、左手のひらで腕の外側を弾く。相手の上体が右に流れる。

これまでは8の字を描くように、その流れを利用して反対側の腕で飛花を狙ってきていた。

が、敵は上体の流れを止めた。素早く身を起こし、後ろ側に腕を振った。逆のアクションで狙ってきたのだ。

しかし、飛花もこの時を待っていた。

右手首をつかみ、相手の背後に回り込みながら右肘《みぎひじ》を握り、腕を背中側にねじった。

敵は顔をしかめた。上体が前のめりになる。

屈《かが》んだ勢いで、敵は左手のカランビットで飛花の右脚を狙ってきた。

飛花は右脚を引くと同時に、肘を握っていた手を相手の肩に滑らせ、そのまま前方に体重をかけた。

敵はそのままつんのめり、フロアに沈んだ。左膝《ひだりひざ》を背中に乗せ、敵をうつぶせに押さえ込む。

飛花は右肘の内側を左手の手刀で叩き、関節を曲げさせた。折れた右腕に握られているカランビットの切っ先が、敵の頸部《けいぶ》に当たる。

「この程度のシラットじゃ、実戦で使い物にならないね。さて、どうしようか」

飛花は片笑みを滲《にじ》ませ、皮膚に切っ先を刺し入れた。

「さすがだな、飛花」

野太い声が響く。敵を押さえたまま、背後に目を向けた。

「ロック。どういうつもりだい」

「おまえを信用してないわけじゃねえんだけどな。おまえのＡＨＣ取引の履歴を解析させたら、偽造の形跡があった、と俺の部下が報告してきたんだ。つまり、おまえはこの俺様に騙《かた》ったということだ。それは御法度だ」

「だったら、なんだってんだい！」

飛花は敵の右腕をねじ上げた。

短い悲鳴が上がる。右手が弛《ゆる》む。飛花は素早くカランビットを手から奪い、敵の左腕も刺し、もう一本のカランビットも奪って、横に半回転し立ち上がった。

その間、一秒もない。

「あんたもたいがい騙りじゃないか！　忘れないよ。ウクライナで取引した武器が、あんたの提示したスペックを二つも下回る物だったこと。そのせいでこっちは死にかけたんだ。その時の恨み、今ここで晴らしてもいいんだよ」

飛花は両眼を吊《つ》り上げた。

「そう気張るな。おまえは俺の放った刺客を倒した。それで、騙りをくれた件はチャラだ。まあ、そいつがおまえを殺《や》れるとは思わなかったがな。処分していいぞ」

「私は、殺人狂じゃないよ」

「似たようなもんじゃねえか。まあいい」

ロックはポケットに手を突っ込み、紙片を取り出した。ポンと飛花の足下に投げる。

飛花はロックを見据えながら屈み、紙片を拾った。片手で開き、素早く見る。ＵＲＬが列記されていた。

「おまえの目的が何かは知らんが、金はもらったし、禊《みそ》ぎも済んだ。好きに使え。言っとくが、そいつは騙りじゃねえから安心しろ」

「一応、礼は言っとくよ」

「なんだ、そりゃ。だったら、最初から騙るな」

ロックは笑い、背を向けた。

「あんた、そんなニートみたいなぼさぼさの恰好《かっこう》のまま、ここに入ってきたのかい？通報されれば一発だよ」

「この程度の商業施設のセキュリティーに、俺の姿を捉《とら》えられるわけねえだろ。心配するな。それより」

　ロックは顔だけ振り向けた。

「今度、ふざけた真似をした時は、おまえでも確実に潰《つぶ》す」

　飛花を見据える。目の奥にそこはかとない闇の迫力が滲む。飛花の目尻《めじり》がかすかに引きつった。

　それを見て、ロックは微笑んだ。

「頼むぜ、俺はおまえのことは気に入ってんだから」

「ああ、すまなかった」

「じゃあな。そいつはそこに寝かせといてくれていい。あとで、掃除するから」

　大きな右手を挙げ、トイレから出て行った。

　ロックの姿が見えなくなり、飛花は大きく息を吐いた。生え際に汗が滲む。

　ロックに払った一億円は、取引口座から出した自腹だ。が、その金で命を拾ったと思えば、安いものだった。まあ、光野のBTCで釣りも出るしな。

　飛花は倒れたまま呻《うめ》いている敵を一瞥《いちべつ》し、カランビットを清掃用具の箱に放り、急いでトイレを出た。

6

沢村は桃原理代子こと高瀬《たかせ》理世と共に脱出に成功していた。ほとぼりを冷ますためという名目で、都内の高級ホテルのセミスイートを取り、そこに滞在して丸二日になる。

沢村としては、下心たっぷりでホテルへ連れ込んだのだが、理世は手を出せるような雰囲気でもなかった。

部屋へ入ってシャワーを浴びた後は、昼夜かまわず、死んだように眠っていた。

ルームサービスで食事を取るも、理世はベッドから起きられず、沢村が食事を運ぶ。三食頼んでも、ほとんど手が付けられていない。

沢村は冷めた料理を下げて、なるべく静かにし、理世を寝かせるだけだった。

三日目の朝も、理世は起きてくる気配を見せない。寝室を覗《のぞ》いてみるが、やはり横たわったままだった。

沢村は自分用の遅い朝食だけを取り、リビングで食べていた。スクランブルエッグとベーコンとパンとコーヒーといった簡単なものだ。

食べながら、小さな音が流れてくるテレビを眺めていた。

「さて、どうするかなあ……」

寝室に目を向ける。

このままでは、いつ理世が動けるようになるかわからない。

といって、理世を一人にするわけにはいかない。香原邸で起こったことの証言者である上に、アップルハウスファンドの内情を知る重要人物だ。

吉祥寺のアジトに連れて行き、光野に監視させようとも考えたが、光野一人に任せるのは心許《こころもと》ない。

飛花か村越が協力してくれればいいのだが、二人とも自分の調査に集中しているだろうと推察する。

「やっぱ、連絡するしかないかな……」

沢村はテーブルに置いたスマートフォンを取った。

祐妃の番号を表示する。報告は、光野を通してということになっているが、今回は事が事だけに、直接話した方が早い。急を要する場合の緊急連絡先は聞いていた。

もう一度、寝室を見た。起きてくる気配はない。

「まあ、仕方ないな」

沢村は一つ息をついて、コールボタンをタップした。

7

「わかったわ。すぐに手配するから」

祐妃は言い、電話を切った。

「斉木君」

若い刑事に声をかける。

「はい」

斉木は祐妃のデスクに歩み寄った。

「ちょっと、ここに行って、沢村という男から桃原理代子という女性の身柄を預かってきてくれない？」

そう言い、メモを渡す。

「かまいませんが。証人保護ですか？」

「事情次第ではそうなるけど、今はとりあえず、あなたが迎えに行ってくれるだけでいいわ。内密にね」

「わかりました」

斉木はメモを取り、足早に出て行った。

祐妃は斉木を見送って、すぐさま沢村に連絡を入れ、斉木が迎えに行くことを話した。

用件だけで電話を切ると、今度は組対四課に内線電話をかけた。

「……マネロン対策室の一之宮です。そちらにある元桐生金城一家の三輪谷敬と川又賢の資料をいただけますか？　あ、いえ、ちょっと確認したいことがあるだけでして。はい、よろしくお願いします」

祐妃は電話を切り、光野への報告メールを作成し始めた。

8

「田子さん」

組織犯罪対策部第四課の課長、平林友則《ひらばやしとものり》は椅子にそっくり返って暇そうにしている田子に声をかけた。

田子は返事もせず立ち上がり、気だるそうに平林のデスクの前に近づいた。

「なんでしょう？」

ぎろりと睨《にら》む。

「桐生金城一家のデータベースから三輪谷敬と川又賢のデータを検索してまとめ、マネー・ロンダリング対策室の一之宮さんに届けてもらえませんか？」

平林が言う。

三輪谷の名を耳にし、一瞬緊張したが、普段通りの顔を繕った。

「なんで、俺がそんな雑用しなきゃならねえんだ」

「田子さんは昔、桐生金城を担当してましたし、今、頼めるのは田子さんしかいないかなと思いまして」

平林がフロアにちらりと目を向ける。

ほとんどの捜査員は出払っていて、残っているのは三人ほどしかいない。他の二人は若い見習いのような刑事だ。

「わかった、やっとく」

「助かります」

平林が笑みを向ける。

田子はポケットに手を突っ込み、肩を揺らしながら自席へ戻った。椅子が軋《きし》むほど乱暴に腰を下ろす。

何もかもが気に入らなかった。

上司の平林は、自分より十歳も下の若造だ。現場に出たこともないのに、気がつけば、課長面して奥の席に座っていた。

しかも、コンプライアンスだかなんだか知らないが、暴力団組員、準構成員たちとの接触を禁じた。

近頃の風潮で、警察官とヤクザが一緒に居るところを見られるだけで、よろしくないと言う。

田子は反発した。

ある程度、相手の懐に飛び込まなければ、情報は取れない。その際に多少の規約違反があったとしても、それ以上の情報を得て、組織を潰《つぶ》せれば、その方が価値がある。

田子や古株の面々は、自分の身を粉にして、危険も顧みず、組織の摘発のために尽くしてきた。

にもかかわらず、何も知らない若造が、机上の論理で一切を禁じた。

当然、捜査にならない。

田子は平林の命令を無視して、昔ながらの捜査を続けていた。

ある時、それが何者かに告発された。

田子は規約違反で減給処分を受け、部署は変わらなかったものの、現場からは外され、閑職に追いやられた。

今は飼い殺し状態だ。組織をよく知るベテランとして生き字引のように扱われ、意見を求められることもあるが、摘発の情報すら教えてはもらえない。

田子は、警察を辞めることも考えた。

しかし、考え直した。

功労者を貶《おとし》めるなら、それなりの報復はしてやろうと。

田子は立ち上がった。

「田子さん、資料作りをしてください」

平林が言う。

「メシぐらい食わせろ」

田子は掛け時計に目を向けた。午前十一時半だ。

「わかりました。どうぞ」

平林はため息をついた。

田子はふてぶてしい顔でポケットに両手を突っ込み、部屋を出た。

そのまま署からも出て行く。閑職に回った古参刑事の行動を気に留める者はいない。

田子は近くの公園に入った。遊歩道を奥へ進み、周囲を見回して、林の中へ入った。木の幹に身を隠し、スマートフォンを出す。三輪谷の番号を出し、タップした。耳に当てる。

「──ああ、俺だ。おまえら、何しやがった？」

田子は三輪谷に事情を尋ねた。

「ああ……ああ。まったく、てめえら、何やってんだ！　そいつは、誰かを差し出さなきゃ収まんねえぞ。ああ、わかった。今、マネロン対策室が動いてる。何をつかんだか調べてみるから、川又たちをいったん隠せ。また、連絡する。あ、金を用意しとけ。今回は高く付くぞ」

田子は言い含め、電話を切った。

「そろそろ潮時だな。稼ぐだけ稼いでやろう」

スマホをポケットに入れ、コンビニに寄って署に戻った。

第5章

1

沢村たちが宿泊しているホテルの部屋のベルが鳴った。

沢村は寝室のドアを少し開いた。理世はベルの音にも反応せず、眠っている。

静かに歩き、ドア口に近づいた。壁に背を当て、ドアの向こうに声をかける。

「誰だ？」

「警視庁の斉木です。一之宮室長からの使いで来ました」

若い男の声だ。

沢村は少しだけドアを開けた。

「身分証を」

言うと、相手は内ポケットから身分証を取り出して開いた。顔を見比べる。

「一人か？」

斉木の周りに視線を向ける。

「内密にとのことでしたので」

斉木は言った。

沢村は頷《うなず》き、ドアを開いた。

「どうぞ」

招き入れ、もう一度外を確かめて、素早くドアを閉めた。

斉木は沢村の様子を怪訝《けげん》そうに見つめた。

「彼女が保護対象者ですか？」

斉木が寝室に目を向けた。

「そうなんだが、まだ起きないんだ。少し待ってくれるか？」

「かまいませんが」

「そこに座ってくれ」

沢村はソファーを指し、寝室のドアを閉めた。

「コーヒーでもどうだ？」

「いただきます」

斉木は言った。

「じゃあ、悪いが、棚の中にあるドリップコーヒーを淹《い》れてくれ。俺の分もな」

沢村は言い、一人掛けソファーをテーブルを挟んだ向かいに引きずり、腰かけた。

斉木は釈然としない面持ちで棚からカップとドリップコーヒーを出し、淹れ始めた。

「君は巡査部長か？」

「いえ、警部補です」

「若いのにたいしたもんだな」

「大学を出て、そのままもらった階級なので、まだまだです」

斉木はさらりと謙遜《けんそん》した。

キャリアのガキか……と腹の中で思いつつも、沢村は笑顔で斉木を見つめた。

斉木は二つのカップにコーヒーを淹れ終え、席に戻ってきて、一つを沢村の前に置いた。

「ありがとう」

沢村は言い、少し口に含んだ。

斉木もコーヒーを飲み、ひと息つく。

「あの、訊《き》いてもいいですか？」

斉木が沢村を見やる。

「どうぞ」

沢村は口角を上げた。

「沢村さんは、警察官ですか？」

「一之宮さんは何と言ってる？」

「特には何も」

「そうか。なら、君は知らない方がいい」

沢村は目の奥に力を込めた。

斉木が息を呑《の》む。

寝室の方から、呻《うめ》くような声が聞こえた。

「起きたかな」

沢村が立ち上がる。斉木も腰を浮かせた。

「あ、俺は、彼女の前では〝中森〟ということになっているので、よろしく」

斉木に小声で言い、寝室のドアを開ける。理世が少し顔を傾けた。

「中森さん……」

沢村の顔を見て、呟《つぶや》く。が、その背後にいる斉木を見て、目を尖《とが》らせた。

「大丈夫。彼は警察官です」

沢村は笑みを浮かべ、寝室へ入った。斉木を促す。斉木も沢村に続いた。

「身分証を見せてあげて」

沢村に促され、斉木は名前を告げ、身分証を提示した。理世の目元の緊張が少しだけ弛《ゆる》んだ。

沢村はベッドサイドに腰かけ、理世に笑みを向けた。

「喉《のど》が渇いているだろ？　何か飲んだ方がいい。リンゴジュースがあるけど」

沢村が言うと、理世が頷いた。

「斉木君、冷蔵庫にあるからコップと一緒に持ってきてくれ」

わざと命令口調で言う。

「わかりました」

斉木は素直に従った。寝室を出る。

理世は斉木を見送り、沢村に目を向けた。

「中森さん、警察の方だったんですね」

「まあ、そんなところなんだけど」

沢村は顔を近くに寄せた。

「このことは内密に。斉木君も僕の詳しい仕事は知らないので、いろいろ訊いたりしないように」

「中森さん、スパ――」

「しっ」

人差し指を鼻先に立てた。

「僕と理代子さんの秘密です」

にこりとする。

理世も少し笑みを覗《のぞ》かせたが、すぐ真顔になった。

「私……捕まるんですか？」

白くなった唇を小さく嚙《か》む。

「捕まるようなことをしたのですか？」

訊き返して、理世の顔をじっと見つめる。

理世はうつむいたまま、掛け布団を握った。

斉木がリンゴジュースの入ったコップを持って戻ってきた。

沢村はコップを受け取った。

「斉木君、申し訳ないが、少し彼女と話をしたいので、リビングで待っていてもらえるかな」

「わかりました。終わったら、声を掛けてください」

斉木は返事をし、一礼して部屋を出た。

ドアが閉まるのを見届け、やおら視線を理世に戻す。

「理代子さん。私が関係者だということはわかっていただけましたね？」

沢村が訊くと、理世は深く頷いた。

ここで言う〝関係者〟は〝警察官〟を意味するが、沢村の口からは言わない。あとでいろいろと言われても、自分は警察官や刑事とは言っていないと逃げを打つためだ。

「理代子さん。いえ、高瀬理世さんとお呼びした方がいいですか？」

沢村が言った。

理世は目を丸くした。すぐにため息をつく。理世は沢村が刑事だと信じたようだった。

「理世でいいです……」

小声で言う。

「わかりました。ここからは理世さんとお呼びします。理世さんの名前を知っていることからもわかると思いますが、実は私、ＡＨＦ、アップルハウスファンドの内偵をしていたのです」

「潜入の方なんですね？」

「まあ、詳しくは話せませんが」

「じゃあ、京町先生のところにいたのも？」

「そう理解していただいてかまいません」

沢村は返事をしつつ、内心、驚いていた。

この女、京町加寿子にも仮想通貨に投資させようとしていたのか——。

とんだ食わせ者だと思いながらも、おくびには出さず、すべてを知っているような顔をして、理世を見つめた。

「私が調べていたのは、ＡＨＦ創設時の資金の出所です。香原氏もその一人とみて、投資家を装い、内偵していたところ、今回の件に遭遇し、あなたとも再会したというわけです。これまで本当のことを話せず、申し訳ありませんでした」

そう言い、沢村は頭を下げた。

「いえ、そんな……」

理世はどう返していいのか、戸惑った様子を見せた。

「しかし、香原氏は設立当初は関わっていなかったようですね。理世さん、AHF創設当初、関わっていた人たちを知りませんか？」

「私は、設立一年後ぐらいに入ったので、創設当時のことはあまり……」

「そうですか。では、質問を変えます。この中で、あなたが入った当初から知っている名前があれば、頷《うなず》いてください。羽佐間恵津子、倉地貴成、登坂輝文、川又賢、荒垣泰四郎」

沢村は関係していると思われる者の名前を挙げた。川又までは頷いたが、荒垣泰四郎については顔を横に振った。

「わかりました。では、荒垣氏以外の頷いた名前の人物について、知っていることを教えてください」

沢村は穏やかな口調で訊く。

「川又さんは、うちの会社の上司です。営業部を統括していました。羽佐間恵津子さんは、大口の投資家のようで、よく社長と会っていました。倉地さんはシンクタンクの人で、社長のアドバイザーをしていたようです。登坂さんは何をしているのかよく知らないのですが、時々会社に出入りをしていました。他の人の話では、社長の個人資産の運用を任されているのではないかと」

「社長の個人資産とは？」

「詳しいことはわかりません。けど、結構な資産家だという噂もあって」

「三輪谷社長が、元暴力団員ということは知っていましたね？」

沢村が訊《き》く。

理世は少しびくっとし、首肯した。

「あなたがそれを知ったのは、いつですか？」

「入って、一年ぐらい経ってからです。ＡＨＣに投資してくれた方とトラブルになった時、妙な人たちが出てきたので川又さんに訊《たず》ねたら……」

「それであなたは、会社を辞められなくなったんですね」

「……はい。怖くて」

理世は両手でコップを握った。

沢村は理世の手の甲に手のひらを添えた。

「大丈夫、私たちが守りますから。斉木君たちに事情聴取されると思いますが、抜けられなかった理由と先日、香原邸で何が起こったのかを素直に話してください。そうすれば、大きな罪には問われません」

「本当ですか？」

理世は顔を上げた。すがるような目で沢村を見つめる。

「本当です。私からも、上に協力者だということを強調しておきます。だから今は、安全な場所で保護してもらい、一日も早く体調を回復させてください」

重ねた手のひらに力を込める。

理世は安堵《あんど》したようにかすかな笑みを浮かべた。

沢村はベッドから立ち上がり、部屋を出た。

「待たせたね」

「終わりましたか？」

斉木は言った。沢村が頷く。斉木が立ち上がった。

「斉木君、彼女をどこへ連れて行くんだ？」

「室長が用意した郊外の一軒家です」

「そうか。頼んだよ」

斉木の肩をポンと叩《たた》き、ドアロへ向かう。

「どちらへ？」

「仕事ができたんで、お先に失礼するよ。一之宮さんによろしく伝えておいてくれ」

沢村は右手を挙げ、部屋から出た。

斉木は沢村の正体がつかめず、首を傾げつつも、理世の寝室へ入った。

2

吉祥寺のアジトに飛花が戻ってきた。光野が出迎えた。

「どうでした？」

「情報は手に入れてきたよ」

飛花はリビングへ歩きながら、メモを摘《つ》まみ出した。

差し出すと、光野は受け取って、訊いてみた。

「交換所のアドレスですね」

「ああ。AHCを扱ってる裏の交換所だよ。すぐに場所を割り出して。私はここで酒飲んでちょっと寝てるから」

「わかりました」

光野はそのまま二階に上がった。

飛花はキッチンに行って、棚を開けた。用意させていたバーボンのボトルがある。そのボトルを手に取り、キャップを開けて、ストレートで口に流し込んだ。

飛花はアルコールを嚙みしめ、飲み込んだ。

ボトルを持ったまま、ソファーに戻ろうとする。が、気が変わって、二階へ向かった。

光野の部屋へ入る。

光野はさっそく飛花が持ち帰ったアドレスの解析に取りかかっていた。

「どうだい？」

声をかける。

「時間かかりますから、休んでいてください」

「どのくらいだい？」

「平日から丸一日といったところです。裏サイトなので、もう存在しないアドレスもあるでしょうし、うっかり入るとこっちが探知されたりしますから」

光野が言う。

飛花は光野の話を聞きながら、別のモニターを見た。

「こっちのモニターは何をしてんだい？」

飛花は右手のモニターを指した。いろんな英単語や数字が、画面の中央で目まぐるしく動いている。

「それは、AHCのアドレスに付いていた暗号メッセージを解読しているところです。少し解読できた文字列は、下のモニターに表示してます。そこに、プログラムのキーワードがあるんじゃないかと探してるんですよ」

「ふーん」

飛花が文字列を眺める。

「へえ、このメッセージ使ってる連中、詐欺師だね」

「えっ？　どこでわかったんですか？」

「これだよ」

飛花は右手を伸ばし、一つの文字列を指差した。大文字で〈MLMPIYH〉と記されている。

「MLMってのは、マルチレベルマーケティング。ネズミ講のことだよ。PIYHはハイプを逆から表示した文字」

「ああ、高配当案件のことですね」

「そう。まあ、HYIPはほとんどが詐欺だからね。知ってる連中はわざと逆さに表記して、仲間内に注意を促したり、値上がりを狙って仕掛けたりするのさ。ちょっと前に、外国でも流行《はや》った裏サインだよ。これを使うのは、詐欺集団の胴元に近い連中かそうした世界を知ってる連中だね」

「じゃあ、これ、裏取引のメッセージをやり取りしているということですか？」

「たぶんね。知らなかったのかい？」

「僕は取引はしないんで。もっぱら、マイニング専門ですから」

「眠らせとくのはもったいないねえ」

「えっ？」

「いやいや、なんでもないよ」

飛花はあわてて、ボトルを口につけ、傾けた。飛花が、光野がビットコインを保有している事実を知っているということを、光野は知らない。

口を滑らせれば、お宝が目の前から逃げてしまう。飛花はもう一度バーボンを呷《あお》って、手の甲で口元を拭《ぬぐ》った。

「暗号はなんだい？」

「ハッシュアルゴリズムです」

「へえ、今どき珍しい古典暗号を使ってんだね」

「知ってるんですか?」

「まあ、多少はね。ハッシュなら、キーワードを探せば開くんだろ?」

「そうなんです。それを探してるところなんですけど」

光野が言う。

「詐欺をする連中なんて単純だからさ。そのままPIYHとか使ってるかもしんないね。あるいは、ゴールドラッシュとかエルドラドとか。仮想通貨が出た頃は、そんなふうに言ってた連中もいるし」

「ああ、それありですね。ちょっと試してみます」

光野はダークウェブの解析の手を止め、暗号解読の画面に目を向けた。モニターの前にあるキーボードを引き寄せ、解読プログラムのキーワード枠に〝PIYH〟と入れて、エンターキーを叩いてみた。

「これで開いたら、お笑いだね」

飛花は笑いながら、ボトルを傾けようとした。

「飛花さん！」

光野がモニターに身を乗り出す。

飛花は手を止めて、モニターに目を向けた。

「ほんとかい……」

驚いて、あんぐり口を開ける。

プログラムが走り出し、暗号化されていた文章が日本語で表示され始めた。

光野と飛花は、次々と表示される文章を、しばらく呆然《ぼうぜん》と眺めていた。

3

祐妃がマネー・ロンダリング対策室の室長ブースで作業をしていると、開けたままのドアがノックされた。

祐妃は椅子に座ったまま、顔を上げた。

「ああ、田子さん」

笑みを向ける。

田子はがに股《また》で肩を揺らしながら入ってきて、右手に持った茶封筒をデスクに放った。

「三輪谷と川又の資料だ」

「ありがとうございます。わざわざ来ていただかなくても、PDFで送ってもらえればよかったのですが」

「パソコンは苦手なんだ」

田子は言い、両手をポケットに入れた。

「こいつら、何やったんだ?」

「たいしたことじゃありません」

「アップルハウスファンドを調べてんだろ?」

「知ってますか？」

「こいつら、カタギになったとは言ってるが、うちじゃあまだ、桐生金城と繫《つな》がってるとみてるからな」

「そういえば、田子さんは桐生金城一家のことに詳しいんですよね」

「今の若造どもよりはな」

田子は話しながら、デスクの端に尻《しり》をかけ、もたれかかった。ちらっとモニターやデスクの上の資料に視線を這《は》わせる。

祐妃は田子の視線に気づいたが、見て見ぬふりをした。

「今、桐生金城一家は、何で稼いでいるんですか？」

「俺も外を回ってねえから確かなことは言えねえが、飲食店を経営して回してるという話は聞いた」

「それだけですか？」

祐妃は田子を見つめた。

「知りてえか？」

「ぜひ」

にこりとする。

「その稼いだ金を株やＦＸに回し、資金洗浄も兼ねて資産を増やしているらしいという話も耳にした。そのフロント企業が三輪谷のところじゃねえかと、俺はみている。あんたらも、その線で追ってんだろ？」

　じとっとした目つきで、祐妃を見据えた。

「さすがですね」

　祐妃はさらりと返し、田子が持ってきた資料を出し、目を通す。

「けど、ここには、桐生金城一家との繋がりは記されていませんね」

「やつらが足を洗って、十五年になる。上の方針で、カタギになった者をいつまでもヤクザ扱いにするのはいけないってんで、そうした疑いがあっても記録に残せないんだよ。まったく、キャリアってのは脳みそにウジでも湧いてんじゃねえか？」

「更生した人たちも大勢いますよ」

「ヤクザはいつまでたってもヤクザだ」

　田子は言い放った。

「あいつらに甘え顔を見せりゃ、食われるぞ」

　祐妃を睨《にら》む。

「そのあたりは、見解の相違があるようですが」

　祐妃は涼しい顔で受け流す。

「三輪谷と川又に関しては、田子さんの言う通りかもしれませんね。何か、ここに載っていないことで知っていることはありませんか？」

　祐妃が資料をデスクに置く。

「アップルハウスファンドはAHCという仮想通貨を発行しているが、それを資金洗浄に使っているという話もある。おそらく、あんたらが調べてるのは、そこだと思うんだが」

田子は両眼に力を入れた。

祐妃は見つめ返し、ふっと微笑んだ。

「さすがですね。その通りです」

「やはりか。三輪谷らの資料が欲しいと聞いた時にピンときたよ。で、調べはどこまで進んでる?」

田子が訊《き》く。

「私たちもそうした可能性をみて、調べを進めているんですけど、どうしても資金洗浄をしている証拠がつかめないんです。桐生金城一家のフロント企業と思われる会社は何軒かわかっています。しかし、そこから資金が流れたという証拠が見つかりません。仮想通貨の可能性も調べているのですが、取引実態が煩雑で解析に時間がかかっています。ちょっと手詰まりの状況ですね……」

祐妃は小さく息を吐いた。

「情けねえな。別件で踏み込んで、社員の誰かを締め上げりゃ、吐くだろうがよ」

「田子さんの時代はそれでもよかったのかもしれませんが、今それをすると、公判がもたないんです」

「モタモタしてたら、逃げられちまうぞ。なんなら、俺が探ってやろうか？」

「田子さんには四課のお仕事が──」

「つまらねえ書類整理とご意見番だけだ。そんなの俺たちの仕事じゃねえ。デカは現場に出ねえと」

「そうですね。このままでは埒《らち》が明かないし……。お願いできますか？」

祐妃は言った。

「おお、任せとけ」

田子が下卑た笑みを浮かべる。

「ただ、過去に処分されたようなあからさまな接触はやめてください。証拠として使えなくなる可能性もありますから」

「わかってるよ。そっちのこれまでの捜査資料を送ってくれ」

「プリントして届けさせましょうか？」

「いや、メールで送ってくれればいい。現場に出る時は四の五の言わねえでがんばるよ」

「わかりました。すぐに手配させます。平林課長には私から話を通しておきますので」

「頼むぜ」

田子は言い、ブースを出た。

祐妃は席を離れて、ブースの陰から田子の後ろ姿を見つめた。田子が肩を揺らし、対策室から出て行く。

それを見て、祐妃は奥の席にいた若い捜査員に声をかけた。

「吉村《よしむら》君」

「はい」

吉村は席を立って、小走りで祐妃に駆け寄ってきた。

まだ配属されて一年に満たない新人捜査員だった。

「さっき、ここへ来ていた組対四課の田子さんの顔は覚えてる？」

「はい、なんとなく」

「これから、田子さんの行動を二十四時間見張ってほしいの」

「いつまでですか？」

「私の納得がいくまで。長丁場になるかもしれないけど、いいかな」

「命令とあれば、従います」

吉村は言った。

「では、ただいまより、田子さんの動向調査を命じます。署内の動きも見張っておいて。百戦錬磨のベテランで鼻の利く人だから、尾行や監視時は慎重に。誰かと接触したら、写真も撮って、すぐ私に報告を」

「わかりました」

吉村は自分の席に戻り、出かける準備を始めた。

祐妃はブースに戻り、アップルハウスファンドのこれまでの捜査資料を表示して、田子に渡す資料の選別を始めた。

4

沢村は、ホテルを出たその足で、吉祥寺のアジトに戻った。

「おお、飛花さん。戻ってたんですね」

リビングに飛花の姿を認め、笑みを向ける。

「戻ってちゃ悪いのかい」

飛花は手に持ったタブレットを見つめたまま、ぶっきらぼうに言った。

「いや、そういうわけでは――」

沢村の笑みが苦笑いに変わる。

光野が二階から降りてきた。

「おかえりなさい。コーヒー飲みますか？」

「ああ、頼むよ」

沢村は言って、飛花の左斜め前に座った。

飛花の前には、ボトルのままのバーボンがあった。飛花は時折、バーボンを飲みつつも、タブレットから目を離さない。

「何を見てるんですか？」

沢村が訊く。

飛花は答えなかった。

「AHCアドレスにくっついていたメッセージの解読に成功したんです」

光野が両手にコーヒーを持ってきて答える。カップを一つ沢村の前において、飛花の向かいに座った。

「あれを解読したのか。たいしたもんだ」

「飛花さんが大ヒントをくれて、試してみたら、キーワードがマッチしたんです」

光野は言い、コーヒーを含んだ。

「何が書かれていたんだ？」

「取引の打ち合わせですね。何日に買いを入れて、いくらになったら一斉に売りを浴びせるとか。詳細は検証していませんが、AHCを集約してビットコインに換える時の情報も散見されます」

「そりゃすごいな！」

「今、飛花さんが持ってきてくれた裏取引所のアドレスを解析しているところです。そのサーバーが一つでも手に入れば、実態はさらに解明できると思います」

「そりゃよかった。あと一息だな」

沢村の言葉に、光野が頷《うなず》く。

「高瀬理世はどうなったんですか？」

「一之宮に引き渡した。用意した家で保護するというから、俺たちの調べが進むまで、そこで事情聴取するんだろう」

「何か、情報は得られましたか？」

「ああ、それでここへ戻ってきたんだ。アップルハウスファンドの前で撮った写真の中にいた登坂輝文という男を調べてほしい」

「いましたね、その人。どうしてですか？」

「理世の話では、登坂が三輪谷の個人資産の管理や運用をしているんじゃないかというんだ。できれば、登坂のパソコンか管理しているサーバーがあれば、そこからデータを抜いてほしいんだが」

「このＴってのがそうかな」

　飛花が突然、話に入ってきた。

「そのテレビに、画面飛ばせる？」

　飛花は光野を見た。

「できますよ」

　光野は飛花からタブレットを預かり、Ｗｉ－Ｆｉでテレビと接続をした。タブレットの画面と同じものが、テレビに表示される。

　飛花はタブレットを受け取り、指でスライドして、文章を上下させた。

「この文面のところどころに、Ｔ氏というのが出てきて、そいつの返信末尾にはＴとある。資金管理をしているなら、このTが登坂である可能性は高いね」

「そんな簡単にバレるようなイニシャルを使うでしょうか？」

光野が訊《き》いた。

「さっきも、あんな簡単な暗号でハッシュを破れただろ？」

飛花が言う。

「こいつら、基本的に自分たちが一番と思ってるから、見下してる相手にはナメた真似をするんだよ。ま、その油断が命取りなんだけどさ。光野、登坂の住まいかオフィスの住所はわかるかい？」

飛花が訊く。

「わかりますけど……。どうするつもりですか？」

「めんどくせえから、根こそぎパソコンを盗《と》ってきてやるよ」

「ええ！」

光野は驚いて目を丸くした。

沢村も思わず、飛花を見やる。

「飛花さん、それは無茶だ！」

沢村が言う。

「何言ってんだ。あんたも来るんだよ」

「ちょっと待って！　俺も？」

「サーバーがあったら、運び出さなきゃいけないだろ。一人じゃ無理だ」

「いや、ここは光野君の腕を信じてですね――」

「光野は今、私の用事をやってんだ。待ってる時間がもったいないだろ」

「もったいないって……。日中にやるつもりか！」

「押し込みに昼も夜も関係ねえよ。光野、住所調べといて。行くよ、詐欺師」

飛花はバーボンをグイッと飲み、口元を手の甲で拭《ぬぐ》った。

目がギラギラしている。

止められそうにないな……。

まあしかし、物は考えようだ。ここで一気に押し切って調べを済ませてしまえば、それだけ早く解放される。

万が一、トラブルになった時は、程よく酔っぱらっている飛花に暴れてもらえばいい。

「わかりました。仕方ありませんね」

太腿《ふともも》を叩《たた》いて立ち上がる。

「車はあるか？」

「はい。一台、置いてます。キーも持ってきますね」

光野は部屋を出て、二階に駆け上がった。

飛花はさらにバーボンを呷《あお》って、気合いを入れる。

沢村は横目で見て、こっそりため息をついた。

5

恵津子と倉地、登坂は、田子からの連絡で新宿のホテルの一室に集められた。

「どうも、お久しぶりです」

登坂が、先に来ていた倉地と恵津子に頭を下げる。

「具合悪そうだな」

倉地が言った。

登坂は蒼白い顔で目の下のクマも濃く、少し頬がこけていた。

「そうでもないんですけどね。このところ、手じまいで忙しくて、徹夜が続いたものですから」

登坂は返しながら、空いたソファーに座った。

「で、田子さんの話って、何なんですか？」

登坂が倉地と恵津子を見やる。

「私を呼び出すほどだから、よっぽどのことでしょうね。つまらない話なら帰るわ。暇じゃないから」

恵津子はサングラスも帽子も外さず、不機嫌そうに脚と腕を組み、もたれていた。

「AHCの手じまいは、どうだ？」

倉地が登坂に訊いた。

「難航してます。ＡＨＦが集めた金をつぎ込んで操作してみたんですけどね。思ったより市場が反応しませんでした」

「マイナスなの？」

　恵津子がちらっと登坂に目を向ける。

「いえ、僕たちの出資分は、現在値で売り払っても一人当たり七億は回収できます。ただ、目標は最低でも十億ということだったので、少し足りませんね。ですが、このまま市場待ちをしていれば、さらに下げに転じると思います。損切りするなら今かと。三輪谷社長が来たら、その話をしようかと思っているんですが」

「三輪谷は来ねえよ」

　隣の寝室のドアが開いた。

　出てきたのは、田子だった。

「いつからそこに？」

　倉地が目を丸くする。

「小一時間かな」

「こっそり盗み聞きしてたのかしら。悪趣味だこと」

　恵津子が冷ややかな目線を送る。

「盗み聞きされて困ることがあるなら、今のうちに処分しておけ」

　田子はひと睨《にら》みし、全員が見渡せる一人掛けソファーに腰を下ろした。一同を見回す。

「悪かったな、呼び出して。緊急事態だ」

田子は手に持っていたカバンをテーブルに置いた。中から捜査資料を出し、天板に投げる。資料が滑り、広がった。

倉地と登坂がかき集め、手元に置く。読み始めた二人は目を見開いた。

「これは捜査資料……？」

「ああ。うちのマネロン対策室が調べた情報だ。桐生金城に関係してるってんで、俺の出番となったわけだ」

田子はカバンからタブレットを取り出した。慣れた手つきで扱う。署にいる時とはまるで別人だった。

「おまえらが来るまでにざっと目を通し、精査した。結論から言えば、ＡＨＦと三輪谷はアウトだな。遠くないうちに持ってかれる」

「不正取引ということ？」

恵津子が訊く。

「資金洗浄の方だ。その資料を見る限り、まだ、対策室は桐生金城から三輪谷にどうやって資金が流れているかはつかんでねえようだが、本格的な捜査が始まれば、ＡＨＦがフロント企業であることも、登坂とＡＨＣを介して金洗ってることもすぐにバレる」

「でも、そうなったところで、三輪谷やアップルハウスファンドが摘発されるだけだろう？」

倉地が言う。

「だから、おまえらは甘えんだよ。三輪谷が黙ってるわけねえだろ。名前を出されただけで、おまえら三人、共生者とみられる。看板は掲げてねえが、暴力団と共に稼いでる連中のことだ。密接交際者とも言うな。それらをひっくるめて〝反社会勢力〟と呼ばれるわけだが、この烙印《らくいん》を押されると厄介だぞ。私的公的関係なく、預金は調べられるし、有価証券についても強制捜査される。場合によっては、口座凍結、没収もあり得る」

「公権力の横暴ね」

恵津子は眉間《みけん》に皺《しわ》を寄せた。

「そんな一般論をぶってんじゃねえ。三輪谷が洗いざらいぶちまけりゃ、俺らも困るが、最も困るのは御大じゃねえのか？」

田子はぎろっと恵津子を見た。サングラスの下の瞳《ひとみ》がわずかに揺れる。

田子は内心、にやりとした。

「そこでだ。この一件の処分、俺に預けちゃくれねえか」

田子が切り出した。

「どうするつもりです？」

登坂が訊《き》く。

「まず、おまえらが所持しているＡＨＣは全部、登坂に預ける。それをビットコインに交換し、ハードディスク二つに分けて保管して、俺に渡してくれ」

「独り占めしようというの！」

　恵津子が睨む。

「まあ、聞け。このビットコインの詰まったハードディスクを、俺の伝手《つて》で、中身の八掛けで流す。実入りは減るが、確実に現ナマを手に入れられる」

「しかし、それでは、ＡＨＣを大量に所持していた事実は残り、共生者とみられてしまうのではないか？」

　倉地が訊いた。

「倉地。あんた、被害者弁護団を組んでくれ」

「俺が？」

「そう。トップにならなくてもいい。事務局長でもなんでもいいから、役職に収まれ。で、投資家の代表として、アップルハウスファンドを糾弾するんだ。自分も騙《だま》された、とね」

「それは虫がよすぎるんじゃ……」

「心配するな。事情を知る腐れ弁護士を用意してやる。そこに羽佐間。あんたも参加しろ」

「いやよ。経済評論家が仮想通貨で騙されたなんて、汚点だわ」

「汚点で済みゃいいけどよ。ＡＨＦと結託していたと取られる方が致命的じゃねえか？」

田子が冷静に言う。

恵津子の眦《まなじり》が強張《こわば》った。

「ともかく、いったんAHFとの関係を断つことが大事だ。おまえらは知らずに協力し、最後は三輪谷が全部持って行っちまったという絵図が描けりゃあ上出来だな」

「僕はどうなるんですか？」

登坂が訊く。

「おまえも外部協力をしていただけという顔をしてろ。仮にパクられても、俺が手を回してやるから。それに三輪谷はいっぺん入りゃあ、しばらく出て来られねえ」

「投資詐欺みたいなものでしょう？　そう長い懲役を喰《く》らうとは思えんが」

倉地が言う。

田子はにやりとした。

「殺《や》っちまったんだよ。香原って資産家を」

その言葉を聞いて、三人の表情は一様に引きつった。

「殺したのはAHFの営業マンだが、川又や現場を処理した桐生金城の人間は正確に事案を把握している。だから、隠れさせた。もっとも、そのヤサは押さえてあるんで、いつでもパクれる。殺害現場にいた営業の女は逃亡しているというから、早晩見つかるだろう。つまり、何がどう転んでも、三輪谷は終わりってことだ。損切りなんて悠長な話じゃなくてな。さっさと縁を切らねえと、人殺しヤクザと一蓮托生《いちれんたくしょう》だ」

田子が強く言った。

「登坂。ビットコインへの転換操作は、三日でやれ。投げ売りでも構わねえから、全部処分しちまうんだ。それ以上かかると、手助けできる保証はなくなる。対策室はこうして資料を出してきたが、これはおそらく半分程度だろう。相当のところまでつかんでいるぞ、警察は」

「わかりました」

登坂は緊張した面持ちで生唾《なまつば》を飲んだ。

「倉地、おまえはフォーラムか何かを装って、海外に飛べ。処理が終わったら、連絡する」

田子の提案に、倉地は頷《うなず》いた。

「羽佐間、今の話を御大に伝えて、倉地と一緒に外国へ行っとけ。被害者団体の設立時期は俺が判断する」

「仕方ないわね……」

恵津子は胸下に組んだ腕を握り締めた。

「よし、話は終わりだ。それぞれ、指示されたことをやってくれ。時間がねえ。それと、どこで誰が見てるかわからねえから、バラバラに出て行け。この部屋は階下の三つの部屋に通じてる。適当に選べ」

田子はパンと手のひらを打った。

恵津子たちは立ち上がり、散って、部屋から姿を消した。

田子は散らばった捜査資料を集め、テーブルの上でトントンと叩《たた》き、整えた。そのままソファーに仰《の》け反る。

「もうすぐ、おさらばだな、警察とも」

田子は捜査資料を見つつ、ほくそ笑んだ。

6

村越は網浜に呼び出され、池袋《いけぶくろ》のカラオケボックスにいた。L字形のソファーにいかつい男が二人座っている。

音は流れているが、二人は歌っていない。少々異様な空間だった。

「すみませんね、こんなところで」

網浜が言う。

「いいよ。秘密の話をするにゃあ、カラオケボックスが一番だからな」

「さすが、よくご存じで」

網浜は笑みを覗《のぞ》かせた。

「いきなり本題ですみません。村越さんにお願いしてた、新会社の名義貸しの件ですが」

「おお、進んだのか？」

「いえ、今回は見合わせることになりまして」

網浜は申し訳なさそうに言った。

「なんだ？　トラブルか？」

「ええ、まあ……」

言葉を濁す。

「俺が入ってやろうか？」

「ありがたい申し出ですが、そうした話でもねえんで。それに、村越さんはもうカタギなんで、内輪のことを頼むわけにもいきませんや」

網浜は笑みを見せた。

「ただ、今回はダメでしたが、またそういう機会もあると思うんで、その時はよろしくお願いします」

太腿《ふともも》に手を置いて、深々と頭を下げる。

「おう、任せとけ。しかし、残念だな。俺もちょっと金融に関しては勉強したかったんだ」

「株でもやるんですか？」

「ああ、株、FX、仮想通貨あたりだな」

「村越さんが金融に興味があるなんて、意外ですね」

「別に、金融に興味があるわけじゃねえんだ。ほら、俺、更生施設やってんだろ。ありや、自治体から多少の経費は出るんだが、そんなもんじゃ、とても追いつかねえ。といって、日ごろは連中の世話で、働きにも出られねえ。空いた時間に手っ取り早く稼げるのは金融かなと思ってな」

「なるほど。だったら、少し教えましょうか？」

「おー、ありがてえ」

村越は身を乗り出した。

「多くの連中は、空売りだ、先物だと騒ぎますが、何のこたあねえ。仕手銘柄を買っちまえばいいんですよ」

「仕手筋の情報はどこから？」

「まあ、俺らは同業みてえなもんだから、あちこちから情報が入ってきますけどね。簡単なのは、仮想通貨です」

網浜は少し上体を倒した。村越に顔を近づける。

「仮想通貨は誰でも作れて、値段も自由に付けられます。あとは取引次第ではあるんですが、公開した時に大金を注ぎ込んで売り買いし、こっちで値動きを作っちまうんです。株の仕手と同じですね」

網浜の言葉に、村越が頷く。

「それを三カ月くらい続けて、チャート表を作って、その表を基に営業をかけるんです」

「金を集めるってことか？」

「そうですね。その金をぶち込むと、通貨の価値が上がる。それを見て、外から投資家が通貨を売り買いする。そうして値を吊《つ》り上げたところで、手持ちの仮想通貨を売り払っちまうんですよ」

「なるほどな。いくら儲《もう》かるんだ？」

「モノにもよりますが、儲かる時は十億単位です」

「いいしのぎじゃねえか」

村越が片笑みを覗かせた。

「実は、村越さんにお願いした新会社で、それをするつもりだったんです。が、ちょいと面倒がありまして、今回は断念したというわけです」

「そうだったのか。もったいねえな」

村越があからさまに悔しがる。

「詫《わ》びと言っちゃあなんですが、今仕込んでる仕手株があるんですよ。その銘柄を教えますんで、ネット証券で買ってください。十億とはいきませんが、数千万くらいのしのぎにはなると思います」

「そりゃいいが。そんなに仕手を簡単にできるのか？」

「資本さえあれば、簡単です。というか、自由市場なんて言ってるが、金融の世界は一部の資本家が自分らの都合で動かしているだけですからね」

「汚ねえ連中だな」

「まったくです。俺らなんか、かわいいもんですよ」

網浜は苦笑した。

「金持った連中が金を転がして遊んでいるところにちょっと寄らせてもらって、小遣いを稼がせてもらう。金融なんてのは、そんなもんです」

「まあ、持ってる連中から取るのは悪いこっちゃねえ。しかし、俺には元手がねえんだ。せっかく教えてくれたのに、すまねえな。その仕手戦には参加できねえ」

「資金なら、少し融通しますよ。二百万ほどですが、少し小遣いが入ったんで」

「いいのか？」

「はい。村越さんにも迷惑かけちまいましたし、手間賃と思ってくれりゃあ」

「じゃあ、ありがたくいただくよ。で、仕手銘柄は？」

村越は話を進めていった。

7

沢村と飛花は、登坂のマンションに来ていた。登坂は個人でトレーダーをしている。事務所は持っていなかった。

沢村はフロントガラス越しにマンションを見上げた。

「このマンションの十五階でしたっけ、登坂の部屋って」

「そうだね」

「どうします？　オートロックだし、通りに人目もあるから、入れませんよ。やっぱ、夜にこっそりと入った方が――」

「簡単だよ。あんたは待ってな」

飛花は言い、車を降りた。

そのまま裏手に回っていく。気になって、沢村も車を降り、何をするのか確かめに行った。

飛花は公園に面したベランダ側に立ち、上を見上げていた。

どうするのか見ていると、飛花はいきなり一階のベランダの柵《さく》に飛び移った。

柵の上に立つと、二階のベランダにも飛び移る。

「まさか、このまま上がっていくんじゃ……」

沢村は唖然《あぜん》として、飛花を見つめた。

飛花はすいすいと上がっていく。崖《がけ》を登るチーターのようだ。

「すげーな、相変わらず……」

感嘆の声を漏らす。

飛花の姿が小さくなる。沢村は周りを見た。公園に人はいるが、上を見上げる者はいない。まさか白昼堂々、マンションのベランダを登っている者がいるとは思ってもみないだろう。

飛花はあっという間に十五階にたどり着き、登坂の部屋のベランダに降りた。

その後、姿を現わさないところをみると、侵入に成功したようだ。

沢村は表玄関に戻った。路上に駐《と》めてある車に戻ろうとドアハンドルに手をかける。

何気なく、歩道を見やる。その目を見開いた。

「ヤバい！」

登坂だった。

ショルダーバッグの肩紐を握り、急ぎ足でマンションに向かっている。

制止しなければ。そう思って歩み寄ろうとするが、ふと足を止めた。

「そうか。こうなったら、面倒は一気に解決してしまうか」

沢村はにやりとした。

登坂がテンキーの前で立ち止まった。ロック解除番号を打ち込む。沢村は玄関に駆け寄った。

自動ドアが開いたところで、後に続いて中へ入る。エレベーターホールで、登坂が沢村を振り返った。沢村は笑顔を見せ、ドアに顔を向けた。

二台あるエレベーターのうち、一台がやってきた。

共に乗り込む。沢村は十三階のボタンを押した。登坂が手を伸ばし、十五階のボタンを押す。

何も語らず、目も合わせず、沢村は十三階で降りた。すぐに上向きのホールボタンを押す。もう一台のエレベーターが上がってくる。

登坂を乗せたエレベーターが十五階で止まった。同時に、十三階へもう一台のエレベーターが到着した。

素早く乗り込み、十五階へ上がる。

エレベーターを降り、廊下に出ると、ちょうど登坂がドアの鍵《かぎ》を開けているところだった。ロックの外れる音がし、登坂がドアを開ける。

沢村は全力で走り、閉まりかけたドアのノブを握った。

登坂はギョッとし、ドアを閉じようとした。

登坂の背後には、飛花がいた。後ろから腕を回し、喉《のど》にかける。

「逆らわない方がいい。首がポッキリいっちまうぞ」

沢村は登坂を見据え、静かに中へ入った。

ドアを閉める。

飛花は登坂の左腕をねじ上げ、髪の毛をつかんで奥へ連れて行った。沢村も続く。

パソコンのモニターに囲まれたゲーミングチェアに、登坂を座らせた。椅子が軋《きし》む。

「いい部屋に住んでんな。何をすれば、こんなところに住めるようになるんだ？」

「あんたら……誰だ？」

「さて、誰でしょう。当ててみな？」

沢村が笑みを見せる。

「桐生金城のヤクザか……」

「ほお、桐生金城知ってんだね」

飛花が言う。

登坂は渋い顔をした。

「あんた、三輪谷の手下かい、T氏？」

飛花は顔を覗《のぞ》き込んだ。登坂は顔をそむけた。あきらかに動揺していた。

沢村はそむけた側から顔を覗き込んだ。登坂は左右どちらにも向けず、うつむいた。

「まあ、俺らには、おまえが三輪谷の手下であろうがなかろうが関係ないんだ。今から言うものを出してもらいたい。ここのハードディスク、サーバーの中にあるAHCの取引データ。それと、三輪谷の私的資産のデータ」

「そんなものは――」

「ないとは言わせないよ」

飛花が背もたれを蹴《け》った。

椅子が揺れ、登坂が前のめりになり、落ちそうになる。沢村は椅子の前に屈《かが》み、登坂の両肩を押さえた。

「このお姉さんには逆らわない方がいいぞ。なにせ、傭兵《ようへい》として海外で鳴らしてきた人だから。怒ったら、オレでも止められない」

沢村が小声で言う。

登坂の顔が蒼《あお》くなった。

「悪いことは言わん。出してくれるな？」

沢村は登坂を見つめた。

「ついでなんだが、倉地貴成や羽佐間恵津子との関係も教えてもらえると、ありがたいんだがな」

「そこまで……！」

登坂が驚いて沢村を見やる。

「あんたたち、警察の関係者か？」

「まあ、そうだ。ここで情報を提供してくれれば、上に取りなして、おまえの罪は不問に付すこともできる」

「本当……ですか？」

「嘘をついたことは一度もない」

沢村は言い切った。

飛花が呆《あき》れて、鼻で笑う。

「わかりました……」

登坂は首肯し、作業を始めた。

沢村は立ち上がって飛花を見やり、親指を立てた。

第6章

1

「どうなってんだ！」

三輪谷はスマートフォンを床に投げつけた。ディスプレイにひびが入り、接合部が少しめくれた。

三輪谷はそれでも怒りが収まらず、壁に飾ってあった日本刀を手に取った。

振り回す。机の天板に刃が食い込む。パソコンは砕け、灰皿が割れて飛び散る。

物音に気づいて、部下が飛び込んできた。

「社長！　落ち着いてください！」

声をかけるが、三輪谷は止まらない。髪を振り乱して、刀を打ち振るう。部下は近づけない。

「社長！　客が物音に驚いてます！　やめてください！」

部下が言うと、三輪谷はようやく手を止めた。

日本刀を放り投げ、肩で息をしながら、椅子に腰かけた。

「おまえのスマホを貸せ」

三輪谷は部下を見た。

部下はスーツの内ポケットからスマートフォンを出し、三輪谷に手渡した。

「ついでに、それを拾ってくれ」

三輪谷は壊れた自分のスマートフォンを見やる。部下は三輪谷のスマホを拾って、机に置いた。

「戻って、客や他の者にはなんでもないと伝えておけ」

「承知しました」

部下は四散したガラス片をチラリと見て、一礼し、部屋を出た。

ドアが閉まる。

三輪谷は二、三度深呼吸をして気持ちを落ち着け、自分のスマホの電源を入れた。ひび割れたディスプレイにスタート画面が表示される。

電話帳を表示させ、それを見ながら、借りたスマートフォンに網浜の番号を入れてタップし、耳に当てた。

コール音が響く。三回、四回、五回と鳴るが、電話に出る様子はない。

三輪谷は登坂、倉地、恵津子、田子に同じことを繰り返した。しかし、誰に電話をしてもコール音が響くだけで、出る気配はなかった。

三輪谷はスマホを置き、深くもたれた。天を仰ぎ、大きく息を吐き出す。

「そういうことか……」

天井を睨《にら》む。

アップルハウスファンドやＡＨＣの手じまいが始まってからというもの、三輪谷の周りにいた者たちからのレスポンスがあからさまに少なくなっていた。

田子の説明では、三輪谷が目立った動きをしたり、関係者と頻繁に接触したりすると動きを察知されるからということだったが、桐生金城の本体まで連絡が取れないというのは、尋常ではない。

何かが起こっているのは間違いないが、その情報が自分に一切入ってこないことに、三輪谷は苛立《いらだ》っていた。

それでも、三日前あたりまでは田子や登坂は電話に出ていたので、我慢していた。

ところが、ここ二日は、誰に電話してもまるっきり応答する気配がない。

川又を呼び戻そうとしたが、自分に知らされないまま、隠れ家や携帯番号を変えられていた。

外されたのではないか……。

疑心暗鬼になりながらも、短気に任せた軽率な行動は自制していた。

が、部下のスマートフォンからでも連絡が取れないことで、確信した。

自分は完全に外された。

桐生金城や羽佐間恵津子たちは、アップルハウスファンドの件に関して、すべて三輪谷に押しつけ、自分たちだけで手じまいをしようとしている。

人身御供というわけだ。

しかも、連中としては三輪谷がつかまって、すべてを洗いざらい話されることも困る。

つまり、どうシナリオを書いたとしても、生き残る道はない。

「つまんねえ話になっちまったな……」

三輪谷はポケットからタバコを出した。一本咥《くわ》え、火を点《つ》ける。深く吸い込んだ煙をゆっくりと吐き出す。

揺らめく煙を静かに見つめる。

桐生金城一家が内輪揉めで負け、地元でのしのぎができなくなり、窮地に追い込まれていた時、いち早く金融に目を付けたのは三輪谷だった。

本意ではなかったが、組を救うためにヤクザを辞め、ほとぼりを冷まして一般社会に溶け込み、フロント企業として金融手法を駆使して本体が稼ぐわずかな資金を膨らまして、瀕死《ひんし》状態だった組を再生させた。

すべては、柳川への恩義からだった。

ただ暴力を振るうことしか知らず、未来に何の希望もなかった三輪谷を笑顔で迎えてくれ、存分に力を発揮させてくれたり、時に道に反するところを叱責《しっせき》してくれたりして、自分を一人前に育ててくれ、大学にも行かせてくれた。

反社会的勢力は何かと目の敵にされる。だが、一方で、道を外れて社会からも排斥され、刹那《せつな》的に生きる者にとって、唯一の身の置き所でもある。

そして、昔の桐生金城一家のように、はみ出し者にルールを叩《たた》き込み、社会性を身につけさせるようなところもあった。

三輪谷は、願わくは、桐生金城一家がかつてのようなはぐれ者の寺子屋に戻ってくれればと願い、これまで立て直しに尽力した。

が、行き着いたところは裏切りだ。

これも極道だと思うが、やりきれない。

三輪谷はこれまでのことを振り返り、深くため息を吐いた。

短くなったタバコを足下に落とし、踏みつける。カーペットの焦げる臭いがかすかに漂う。

三輪谷は立ち上がり、半壊したパソコンを机の上で倒した。隙間に両手を入れ、ケースを壊す。中からハードディスクを取り出した。

引き出しを開けて茶封筒を出し、メモを書いて、ハードディスクと共に収め、封筒を上着の内ポケットに入れた。

三輪谷は別の引き出しから、拳銃《けんじゅう》を出した。脇腹あたりに挟んで、上着のボタンを留める。

部屋を出た。

三輪谷の姿を認め、社員が頭を下げる。三輪谷は客に笑顔を向け、近くの部下に顔を寄せた。

「ちょっと出かけてくる。遅くなるから、定時に上がっていいぞ」

「承知しました」

部下は頭を下げた。

三輪谷はそのままオフィスを出た。エレベーターに乗り込む。

裏社会で生きている身として、こうした事態に陥ることも覚悟はしていた。

が、裏切りだけは許せない。

「カタはつけてやる」

エレベーターのドアが閉じた瞬間、三輪谷の顔から笑みは消えた。

2

沢村と飛花は、AHCの取引実態や三輪谷の資産状況のデータが入ったハードディスクを入手した。登坂の身柄も確保し、目隠しをして連れ出した。

沢村は事前に光野に連絡を取り、拘束できる部屋を用意させていた。

光野は、建家最奥の使われていなかった部屋を簡単に掃除し、簡易ベッドを用意した。

沢村は、登坂のマンションから大回りし、わざと時間をかけて、吉祥寺のアジトに戻った。

飛花が車の中から登坂を降ろし、光野が用意した部屋へ連れて行く。飛花は登坂をベッドに寝かせ、ロープで簡単な手錠を作り、登坂の両手足をベッドの脚に縛りつけた。沢村は光野にサーバーやハードディスクの解析を頼み、拘束部屋へ入った。ベッドサイドに寄り、登坂の目隠しを取る。

登坂は天井の明かりに目を細めた。

「ここは、どこですか？」

怯《おび》えた様子で沢村を見上げる。

「オレたちのアジトだよ」

言うと、登坂の目はさらに強《こわ》ばった。

カシャ、カシャという金属音が響く。登坂は音のする方に顔を傾けた。

飛花が椅子に座って脚を組み、片手でバタフライナイフを振っていた。そのアクションは淀《よど》みなく、速い。

「心配するな。オレたちは殺し屋じゃない。おまえが素直に話してくれれば、何もしないよ」

沢村はベッドの端に腰かけた。マットが沈み、登坂の体が揺れる。

「さて、登坂輝文君。細かい話を聞かせてもらおうか。おまえを三輪谷に紹介したのは、倉地ということだったな？」

「はい……」

登坂は小声で答える。

「倉地とは若手デイトレーダー向けの株取引のセミナーで知り合った。これも間違いないな？」

沢村が訊《き》く。

登坂は返事をしない。と、すぐさま、バタフライナイフを振り回す音が聞こえてきた。

「はい」

急いで返事をする。

沢村は微笑み、質問を続けた。

「三年前、倉地に連れられ、アップルハウスファンドのオフィスに出向いた時、そこで羽佐間恵津子とも知り合い、仮想通貨AHCの発行を手伝うよう、三輪谷に依頼された。そうだな」

「そうです」

「よろしい。発行直後から半年の間に、AHCの値を吊《つ》り上げるために、頻繁に取引をした。それはわかるんだが、仮想通貨の値を上げるには、五千万や一億程度の金では無理だろう。いくら動かした？」

「起《た》ち上げた時は、二百億ぐらいですね」

「その原資は、どこから出たんだ？」

「わかりません」

　登坂が言う。

と、ナイフが飛んできた。登坂が頭を乗せている枕の横に突き刺さる。登坂は目を見開いた。

「ほんとです！　三輪谷さんが金を振り込むと言って、待っていたら、僕の投資用の口座に二百億もの大金が入ったんです！」

「それは三輪谷の金か？」

「わかりません！　僕には、誰の金だろうと関係ないですから！」

　登坂は必死に答える。

　飛花が立ち上がった。ゆっくりとベッドに近づいてくる。登坂は逃れようと暴れるが、手足にロープが食い込むだけ。

　飛花はベッド脇に立ち、バタフライナイフを抜いた。端を摘まんで、切っ先を下に向ける。ゆっくりと動かして、指を離した。

　まっすぐ落ちた刃が、登坂の頬を掠《かす》め、枕に刺さった。中からかすかに羽毛が飛び散り、登坂の頬に貼りつく。

「ほんとですって！」

　涙声になっている。

　飛花はナイフを抜くと、ベッドから離れ、また椅子に腰かけた。

「出所を知らないのはわかった。その後、ＡＨＣをどうやって転がしたんだ？」

沢村が訊く。

「半年ほど転がしていると、値が上がってきたのを見て、一般投資家がＡＨＣを売買するようになりました。その過程で初期投資の二百億円は徐々に回収し、最終的に全体で回す自己資産は十億ぐらいにしました。そこから羽佐間さんや倉地さんがセミナーで、三輪谷さんは営業マンを使って、さらにＡＨＣへの投資を加速させました」

「それが今か？」

「そうです」

登坂が何度も頷《うなず》く。

「この先はどうするつもりだったんだ？」

「あと一ヵ月ほどで売り抜ける予定でした」

登坂は、飛花に脅されたこともあって、ぺらぺらと饒舌《じょうぜつ》に語った。

「なぜ、一ヵ月なんだ？」

沢村が訊く。

登坂が言い淀んだ。すぐに飛花の方を向く。飛花はちらりと登坂を見据えた。

「警視庁のマネー・ロンダリング対策室が摘発に動くという情報が入ったからです」

「どこからの情報だ？」

「それは……」

登坂は再び言い淀んだ。

飛花が椅子から立った。大股《おおまた》で近づくと、右手に持ったナイフを振り上げた。

「やめてください！」

登坂が絶叫する。

飛花はナイフを振り下ろした。先ほどとは反対側の頬の脇に刃が突き刺さる。飛花は枕を斬り裂き、ナイフを抜いた。

羽毛がふわりと舞い、登坂の顔に降り注いだ。

沢村は登坂を見た。登坂は白目を剝《む》いて、気絶していた。指先に生温かいものを感じ、立ち上がる。失禁していた。

「あー、もう、汚ねえなあ。飛花さん、やりすぎだ」

「この程度で失神するこいつが情けないだけだ」

飛花はナイフをたたみ、ポケットに入れた。

「こりゃ、しばらく起きないね」

飛花は鼻で笑い、部屋を出た。沢村も追いかけるように拘束部屋を出る。そのまま二人はリビングに向かった。

ソファーにそれぞれ、腰を下ろす。

「まあしかし、金の出所のポイントはわかったからいいじゃない」

飛花が言う。

「そうだけどね」

沢村はため息をついた。

少なくとも、最初の資金は二百億円。三輪谷を通じて、登坂に渡されている事実は判明した。

光野がタブレットを手に駆け降りてきた。

「飛花さん、殺したんですか！」

「バカ言ってんじゃないよ」

飛花は呆《あき》れてそっぽを向いた。

「脅されて、失神しただけだ」

沢村が言う。

「よかった……。上で見てて、彼が死んだのかと思いました」

光野は言い、胸を撫《な》で下ろして、二人の向かいに腰かけた。

拘束部屋の様子はすべて、光野が録画していた。

「全部、話は聞いてたな？」

沢村が光野を見やる。

「はい。なので、さっそく調べてみました」

光野はタブレットを太腿《ふともも》あたりに置いて、起動した。テレビを点《つ》け、画面を表示させる。

「登坂のハードディスクの中に、ＡＨＣ公開当初の履歴が残っていました。そこに三輪谷のアドレスがあり、口座番号も特定できたのでそっちを探ってみました」

光野は話しながら、画面を表示させた。

通帳の履歴が現われた。登坂の口座に金が移される前の取引履歴だった。

「三輪谷の個人口座から登坂に渡った二百億円は、元々、アップルハウスファンドの会社の口座に振り込まれたもののようです」

話しながら、会社名義の口座を表示させ、ポインターでなぞる。

複数の大手企業や金融機関の名前が並び、五億から三十億の単位で二週間に亘《わた》り、二百億円になるまで振り込まれていた。

その中に、神泉《しんせん》興業という見慣れない企業の名もあった。

光野はそれをポインターで指した。

「この神泉興業という会社ですけど、警察のデータベースを調べたら、桐生金城一家のフロント企業の疑いありと記されていました」

「それはそれは」

沢村が腕組みをし、モニターを見つめた。

神泉興業は、何度かに亘って、計三十二億円を入金していた。

「村越さんの調べを待つまでもなく、繋《つな》がりが出ちまったな」

沢村が脚を組む。

「倉地が代表を務める品川経済研究所からも五億出資されています。ただ、他の百六十億円強がどうやって集められたかは、このデータだけではわかりません。アップルハウスファンドの会社名義口座に入っていますから、単に投資しただけと言われても仕方ない状況ですね」

「まあ、そのへんの手は打ってあるわな」

沢村が言った。

企業には投資部門もある。あきらかにAHCの取引に使われているものだと推察はできるが、各企業の担当者にアップルハウスファンドに委託しただけだと言われてしまえば、それ以上、追及はできない。

「とはいえ、これだけ名だたる企業の名前が揃っているあたり、荒垣泰四郎が噛《か》んでいてもおかしくはないんだが……」

沢村は組んだ腕に力を込め、じっと企業名を見つめた。

著名な企業がランダムに並んでいるように思えた。が、ふと沢村は腕を解いた。

「光野。荒垣泰四郎がきぼう銀行の頭取を務めていた時、所属していた経済団体はなんだった？」

沢村は画面に目を向けたまま訊《き》いた。

「えーと」

タブレットで調べる。

「日本経済同盟機構ですね」

「それか」

沢村が太腿を打つ。

「倉地や桐生金城関係以外の企業は、日経同の所属企業だ」

沢村は言いながら、深く頷いた。

「なるほど。ほんと、そうですね」

光野は日本経済同盟機構のホームページに並ぶ会員企業と通帳に記された企業の名前を照合し、首肯した。

「でも、それがわかったところで、どうにもなんないだろ」

飛花が言った。

「いや、そうでもないよ」

沢村はにやりとした。

「オレが頼まれたのは、資金洗浄の実態のほか、アップルハウスファンド設立当初、金を出した人物と組織を調べることだ。おそらく、その金主は荒垣泰四郎。ヤツが権力を駆使して、金を出させたのだとすれば、企業側にとっては老害以外の何ものでもない」

「企業に荒垣を売らせるってのかい？」

「そういうこと」

飛花を見て微笑む。

「簡単に裏切るでしょうか？　フィクサーと言われている人ですよ」

光野が言う。

「力を持ちすぎた者は、利用価値がなくなればただの害悪でしかないんだよ」

沢村は立ち上がった。

「飛花さん、登坂の調べ、任せていいかな」

「やっとくよ」

「殺さない程度にね」

沢村は言い、部屋を出た。

3

「すみませんね、こんなところまで来ていただいて」

網浜が恐縮する。

「いや、俺こそすまねえ。今回はおまえと組むことはなかったが、一応、話は終わったんで、一言柳川さんに挨拶《あいさつ》しとかなきゃ気持ち悪くてな」

村越は返した。

村越はカラオケボックスで話をした後、網浜と共に宇都宮まで来ていた。

駅からタクシーで、ＫＫビルへ向かっていた。

これまで、網浜と話をした限りでは、実質、今の桐生金城一家の実権は網浜が握っているように思える。

このまま網浜と付き合っていれば、徐々に、アップルハウスファンドとの関係や桐生金城のフロント企業を特定することもできるだろう。

が、このまま網浜と疎遠になることも考えられる。そうなれば、再度接点を持つのは難しくなる。

そこで、柳川をつかんでおいて、いったん距離を置いても、桐生金城に出入りできる状況を作っておきたかった。

「近頃は、村越さんみてえな義理堅い極道も少なくなりましたよ」

「まあな。極道に限らず、義理も人情もなくなっちまってる。味気ねえ世の中になったもんだ」

「まったくです」

網浜はため息交じりに頷《うなず》いた。

タクシーがビルの近くに来た。と、黒塗りのハイヤーがビルの前に停まっていた。

「なんだ？」

網浜は、ビルの少し手前でタクシーを停めた。金を払い、村越と共にタクシーを降りて、ビルに近づく。

「お疲れさんです！」

ハイヤーの脇にいた根津が深々と腰を折った。

村越は少し距離を取って、網浜の後ろに続いた。

網浜は足早に根津に近寄った。

「なんだ、こりゃ？」

「いや、これから親父と出かけるんでしょう？」

「誰がだ」

「網浜さんが」

「そんな予定はねえぞ」

網浜が話していると、柳川が玄関から出てきた。

「おー、村越もいたのか」

柳川が手を挙げる。

網浜は柳川に駆け寄った。

「親父さん、どこへ行かれるんですか？」

「どこへって、田子と会合するんだろ？」

「田子さんと？」

怪訝《けげん》そうな顔をする。

「何、とぼけたこと言ってんだ。六時から料亭で会合だろ？」

「俺、ずっと村越さんと話をしていて、たった今、こっちに着いたばっかかですよ」

「寝ぼけてんのか？　田子の部下から電話が来たんだ。おまえが会合持ちたいってんで連絡したんだが、通じなかったんで、俺に連絡したと」

「ちょっと待ってください。俺、田子さんに連絡取ってませんよ」

網浜が反論する。

「じゃあ、誰だってんだ？　俺のプライベート携帯にかかってきたんだ。田子とかおまえらしか知らねえだろ」

柳川は苛立ち、口角を下げる。

村越は網浜たちの様子を見て、少し立ち止まった。妙な空気だ。それとなく、左右に顔を向ける。

と、右目の端に、ビル陰から飛び出してくる影を認めた。

「危ねえ！」

とっさに声を張った。網浜が振り返ろうと動く。

銃声が轟《とどろ》いた。

網浜は後ろから右肩を撃たれた。よろめき、柳川にもたれかかる。腰が引けていた柳川は、網浜を抱えて仰向《あおむ》けに倒れた。後頭部や背中、尻《しり》をしたたかに打ちつける。

銃声が二度、三度と轟いた。根津や他の者たちは頭を抱えてうずくまった。

網浜は柳川に覆い被《かぶ》さった。脇腹や脚に被弾し、血が飛び散る。

銃を握った男が網浜たちの許《もと》へ走った。村越は男を追った。

「網浜！　親父！」

男が怒鳴る。

網浜は顔を振り向けた。

「三輪谷さん！」

「てめえら、俺を売りやがって！」

「何のことですか！」

「とぼけんな、こら！」

三輪谷は引き金を引いた。

網浜は頭を抱え、目をつむった。柳川も双眸《そうぼう》を見開く。

が、発砲できなかった。

「落ち着け、三輪谷！」

村越が三輪谷の後ろから腕を回していた。左の親指が撃鉄の間に挟まっている。

三輪谷は肩越しに村越を見た。

「村越さん、なんで！」

「ちょっと縁あってな。やめとけ」

「手を離してください。あんたには関係ねえ話だ！」

三輪谷が引き金を絞る。

撃鉄が村越の親指の爪を押し潰《つぶ》す。指からは血が噴き出す。それでも村越は、三輪谷を後ろから抱いたまま離れなかった。

「こんなところでぶっ放しゃ、桐生金城まで行かれちまうぞ」

「かまわねえんだよ、こんなクソ共！」

三輪谷は村越の腕の中で体を揺さぶった。銃口が上下左右に揺れる。

いつ暴発するかわからない状況で、ほとんどの者が動けない。

そんな中、根津が立ち上がった。鼻息を荒くして、三輪谷を睨《にら》む。

「うわあああ！」

根津は大声を発し、三輪谷に突っ込んできた。

「来るな！」

村越が怒鳴る。

が、根津は止まらない。

根津に気を取られ、村越の腕の力が弛《ゆる》んだ。三輪谷は頭を思いきり後ろに振った。後頭部が村越の鼻頭を砕いた。

村越は一瞬怯《ひる》んだ。後ろに仰《の》け反る。指が離れた。

銃声が轟いた。

呻《うめ》きが聞こえた。

根津が腹を押さえ、両膝《りょうひざ》を少し落とす。

「バカ野郎が！」

村越が三輪谷の脇から出ようとした。

と、根津が三輪谷の右腕を取って、しがみついた。揉《も》み合う。低い銃声が聞こえた。

銃弾が三輪谷の腹を貫き、背中を破った。鮮血が噴き出す。三輪谷は両眼を見開いて、膝《ひざ》を落とした。

根津も膝を落とす。三輪谷は、根津の顔に左手のひらを押し当て、掻《か》きむしり、突き飛ばした。

根津が両膝を折ったまま、仰向けに倒れた。

三輪谷は鬼のような形相で網浜と柳川を見据えた。震える腕で銃を持ち上げる。

村越は銃を握った。

「もういい」

シリンダーを握る。三輪谷はその場にへたり込んだ。

「網浜、親父さんを連れて、ここから離れろ。てめえらもだ！」

屈《かが》み込んでいる組員たちを見回す。

「ここはカタギの俺がなんとかする。さっさと行け」

「すまねえ」

網浜は震える体を起こすと、ハイヤーの後部ドアを開けた。先に乗り込む。

「親父さん、早く！」

中から呼びかける。

柳川はかつての武闘派の面影もなく、怯《おび》えた顔であたふたと後部シートに飛び込んだ。

「出せ！」

網浜が怒鳴った。

運転手は後部ドアが閉まりきっていない状態で車を発進させた。

他の組員たちも逃げるように散っていった。

現場には、村越と三輪谷、根津だけが残った。

村越は根津の脇に片膝を突いた。目を開いたまま、宙を見つめて動かない。鼻先と首筋に指を当ててみた。

村越は深く息を吐いた。手のひらで目を閉じさせ、自らも少し目をつむった。

三輪谷の脇にも屈んだ。三輪谷の顔は紫色になっていた。唇にも生気がない。

村越は上着を脱いで丸め、三輪谷の腹に押し当てた。

「押さえてろ。すぐ救急車が来る」

スマートフォンを出し、緊急連絡ボタンをタップする。

「もういいよ……村越さん」

三輪谷は声を絞り出した。

「よくねえ。おまえには生きててもらわなきゃならねえんだ」

村越は電話に出たオペレーターに事態を伝え、救急車を要請した。

電話を切り、三輪谷を見下ろす。

「何があったんだ？　ＡＨＣの関係か？」

「なんで……知ってんですか……？」

「ちょっとした因果でな。なぜ、網浜と柳川を襲った?」

「長え話だ……語りきれねえ」

三輪谷は血に染まった右手を起こし、上着の内ポケットに手を入れた。震える手で、ハードディスクの入った茶封筒を取り出す。

「こいつを……見てくれりゃ……わかる。あんたも……あんな外道とは……関わ……らねえ……ほう……が」

三輪谷は両眼を見開き、村越を強く睨むと、がくりと首を落とした。

村越は茶封筒を手に取り、立ち上がった。根津と三輪谷の間に立ち、黙禱《もくとう》する。

遠くから、救急車のサイレンが聞こえてきた。パトカーのサイレンも鳴っている。

村越は血に染まった茶封筒をズボンの後ろポケットに突っ込み、その場を離れた。

4

恵津子たちとの話を済ませた田子は、仕事をサボり、ホテルのロビーでのんびりとコーヒーを飲んでいた。

あと三日もすれば、億万長者となって、海外での悠々自適の生活が待っている。

腐れヤクザの相手をするのも、能無しの上司に頭を下げるのも、もはやバカらしい。

登坂がAHCをビットコインに換えるまでは、のらりくらりと過ごして――。

先のことを考えていると、携帯が鳴った。胸のポケットから取り出す。課長の平林からだった。

田子は舌打ちし、電話に出た。

「なんだ」

ぞんざいな口調で訊《き》く。

──田子さん。今どこに？

「捜査中だ」

──三輪谷が死にました。

平林が言う。

田子の顔が強《こわ》ばった。

「どういうことだ？」

携帯を握り締める。

──詳細は調べているところですが、拘束した桐生金城の組員によると、三輪谷が柳川と網浜を呼び出し、本部ビルの前でいきなり銃で襲ったそうです。柳川たちに、裏切り者と怒鳴っていたという証言も得ています。

平林は淡々と事実を話した。

「あのガキ……」

奥歯を嚙《か》む。

一方で、焦燥感も湧き上がる。

まずいな……。

「アップルハウスファンドに、三輪谷の死亡は伝わっているのか？」

——いや、まだです。未確認情報ですが、三輪谷がなんらかの証拠を残しているとの話もあるので、社員が知れば、証拠隠滅のおそれもあると思いまして。

「賢明だ。まだ伝えるな。大勢で踏み込めば、勘づかれるおそれもある。俺が先に行って調べてくるから、報告を待ってくれ」

——わかりました。お願いします。

平林が電話を切る。

「最期まで面倒かけやがって」

田子は死者に対する哀惜の欠片《かけら》もない言葉を吐き捨て、ロビーを飛び出した。

吉村は、エレベーターホールの壁の陰から田子の様子を監視していた。

田子が席を立った。

スマートフォンを出し、すぐさま、祐妃に連絡を入れた。

「吉村です。田子が平林課長からの連絡を受け、動き始めました。後を追います」

吉村は報告し、田子を追った。

5

日本経済同盟機構の理事長、五星《ごせい》銀行会頭の和嶋隆則《わじまたかのり》は、大手町《おおてまち》の同機構のオフィス内にある小会議室で、定例理事会を行なっていた。

マイクの付いた楕円形《だえんけい》のテーブルには、機構に所属する名だたる企業のトップが十数名、顔を揃えていた。

「では、本日の定例会はこのへんで——」

司会を務めていた事務局長がマイクに向いて話す。

理事たちは腰を浮かせようとした。

と、いきなり、ドアが開いた。にやついた顔のひょろっとした男が入ってくる。

「待ってください！　困ります！」

女性秘書が止めようとする。が、男はそれを聞かず、部屋へ入ると、テーブルに歩み寄り、マイクをつかんだ。

「みなさん、大切な話があります！」

スピーカーから歯切れのいい声が響いた。

「なんだね、君は！　警備はどうなっているんだ！」

事務局長がマイクを通して怒鳴る。

「警備の方には通してもらいました。秘書さんには話が通っていなかったようですが」

沢村が笑みを浮かべる。

沢村は日経同へ向かう途中、祐妃に連絡を入れていた。荒垣泰四郎を炙《あぶ》り出すため、協力してほしいと。

祐妃はすぐに日経同に部下を派遣した。部下は玄関口で待っていて、警備員に話を通してくれた。

「部外者は出て行きなさい！」

事務局長が怒鳴る。

事務局長は、大手ディベロッパーの大峰《おおみね》建設社長、大峰孝雄《たかお》が務めていた。

「大峰社長。おたくの財投部が投資した案件で、少々不明瞭《ふめいりょう》なものがあるようですね。仮想通貨投資に関してなんですが」

沢村は微笑んだまま大峰を見た。

大峰の目尻《めじり》が少し引きつった。テーブル全体を見やる。他の理事や理事長の和嶋の顔も、多少強ばっている。

和嶋が口を開いた。

「よかろう。君、しばらく誰も入れないように」

女性秘書に命じる。秘書は怪訝《けげん》そうな顔で沢村を見つつも、返事をし、部屋から出てドアを閉めた。

「ありがとうございます」

沢村は一礼し、和嶋の真向いの場所に座り、マイクのスイッチを入れた。

「みなさん、非礼をお詫《わ》びします。ですが、緊急でしたので」

「なんだね、緊急な話とは」

大峰が訊いた。

「アップルハウスファンドの話です」

切り出すと、理事たちは動揺を隠せず顔を見合わせた。

沢村は胸の内でほくそ笑み、話を続けた。

「先ほど、アップルハウスファンドの三輪谷社長が死亡しました」

沢村が言うと、一斉にざわめいた。

「三輪谷社長は、以前所属していた桐生金城一家に攻め入り、拳銃《けんじゅう》で柳川総長と若頭の網浜を襲ったところ、返り討ちに遭い、殺されたということです」

「それが私たちと何の関係があるんだ？」

和嶋がそらとぼけた。

沢村は、まっすぐ和嶋を見つめた。

「みなさんの会社の財投部や管財部門から、アップルハウスファンドへ多額の資金が投入されていたことは把握しています。特に、日経同に所属している会社はほとんどがアップルハウスファンドに投資していますね。まるで申し合わせたように」

「君は、検察の人間か？」

和嶋の声が多少引きつった。

「所属は明かせませんが、そうした情報を的確に把握できるところにいるということは、ご承知おきください」

沢村は言い、話を続けた。

「まもなく、組対による捜査が行なわれ、アップルハウスファンドの実態が世に晒《さら》されます。そうなれば、AHCは暴落し、あなた方が投資した億単位の資金は水の泡です。当然、会社に多額の損失を与えた責任を問われるでしょうし、暴力団のフロント企業に投資したことへのコンプライアンスも問われます」

「我々は、三輪谷君の会社がフロント企業だとは知らなかった」

和嶋が言う。

「そうでしょう。しかし、一般人はそうは見ません。企業イメージの低下は避けられないでしょうね。場合によっては、日経同の組織的関与も疑われることになるでしょう」

沢村の言葉に、理事たちは狼狽《ろうばい》していた。

「君は何が言いたいんだね！」

和嶋は動揺から苛立《いらだ》ち、声を荒らげた。

「まあ、落ち着いてください」

沢村は涼しい顔で流す。

「私たちは、アップルハウスファンドが起業した当時の資金の出所を追っています。起《た》ち上げ資金の二百億円が、みなさんの会社からアップルハウスファンドに流れていたこともつかんでいます。しかし、みなさんも、アップルハウスファンドが暴力団のフロント企業と知っていれば、投資はしなかったはず。日本を代表する賢明な経営者の方ばかりですから。そんな方々がなぜ、このようなミスを犯したのか。私たちは一つの可能性を見出《みいだ》しました」

沢村は上体を乗り出した。

「日経同の創設者で、元理事長の荒垣泰四郎氏からの指示があったのではないかと」

荒垣の名が出た途端、和嶋以下、大峰や他の理事全員が息を呑《の》んだ。

「アップルハウスファンドには羽佐間恵津子が深く関わっています。彼女が、荒垣泰四郎の右腕であることも把握しています。仮に、荒垣泰四郎の指示で、日経同所属の会員企業が審査もせず投資を行なったとすれば、前代未聞のスキャンダルに発展するでしょうね」

沢村は一同を見回した。

「君の目的はなんだ。金か？」

大峰がたまらず言った。

「そんなケチな料簡はありません。みなさんがこんなリスクを冒さなければならなかったのは、ひとえに荒垣のせいでしょう？　この際です。日経同を健全化しませんか？」

沢村は和嶋を見据えた。

和嶋が目を見開いた。

「売れ、と？」

思わず、心の声が出てしまう。

「健全化です。日経同に巣くう悪しき伝統を、みなさんの手で排除してはいかがでしょうか？　日本経済の未来のために」

沢村は訴えかけた。

和嶋の顔が少し真顔になった。理事たちも多少落ち着きを取り戻す。

「どうすればいい？」

和嶋が訊《き》く。

「荒垣に関する不法行為の情報を出していただけませんか？　ＡＨＣのことじゃなくてもかまいません。私たちはその情報を基に、荒垣泰四郎を検挙します」

「ＡＨＣに関してはどうする？」

大峰が訊く。

沢村は大峰に顔を向けた。

「おそらくですが、私たちは、ＡＨＣへの投資は羽佐間恵津子が荒垣の名代として、みなさんに持ち掛けた話だとみています。そうではありませんか？」

沢村は理事たちを見やった。

「あなた方は、羽佐間恵津子という著名な経済評論家の話を信じ、アップルハウスファンドへの投資を決めた。そういうことですよね？」

沢村が和嶋を見た。

和嶋は沢村を見返した。少しの間、見つめ合う。和嶋が頭の中で算段しているのが見て取れた。

やがて、和嶋が口を開いた。

「わかった。協力しよう」

「ありがとうございます」

沢村は頭を下げ、ほくそ笑んだ。

6

田子は渋谷へタクシーで乗りつけた。ビルの非常階段を駆け上がり、アップルハウスファンドの玄関前に出る。

少し息を整え、中へ入った。

オフィスでは、いつもと変わらない様子で業務が行なわれていた。

まだ、三輪谷の件は届いていないようだな。田子は全体を見回し、そう判断した。

「いらっしゃいませ。投資のご相談ですか？」

女性従業員が声をかける。

「三輪谷社長から来るように言われた」

「社長は席を外しておりますが」

「社長室で待っていてくれとのことだ。どこだ？」

「左手奥の部屋ですが……」

「ありがとう」

田子は社員の目も気にせず、足早に社長室へ入った。

中へ入り、ドアを閉め、鍵《かぎ》もかける。

さっそく、棚の扉や引き出しを開け、中を探る。多少の現金や書類はあるが、ＡＨＣ取引に関する資料はない。

棚に並べられた本やサイドボードの酒の後ろ、イスやテーブルの裏、飾りの日本刀や絵画の額縁も調べてみるが、隠しデータは見当たらない。

「こいつの中に全部収めているというわけか」

田子はデスクの一体型パソコンに目を留めた。

床に置いて枠の端を靴底で踏んで、枠を壊す。そして、中にあるハードディスクを取り出した。

「こいつさえ押さえりゃ、大丈夫。ビットコインも少しは入ってるだろう。ボーナスだ」

田子は上着の右ポケットにハードディスクを入れ、ドアに近づき、鍵を開けた。ノブに手をかけ、回し、少しドアを開く。

瞬間、ドアが押し開けられた。

田子はドアに弾《はじ》かれ、よろよろと後退し、尻《しり》もちをついた。

現われたのは、祐妃と吉村だった。表にいた従業員や客もドア口を固めている。

「田子さん、ポケットに入れたものはなんですか？」

祐妃が訊いた。

「証拠品だ！　こいつらが隠滅する前に確保を――」

「ここにいるのは、みんな、警察官ですよ」

祐妃が言う。

田子は目を見開いた。

祐妃は村越から三輪谷が死亡したことと、ハードディスクを入手したとの連絡を受け、すぐに平林と協同でアップルハウスファンドへ捜査員を送り込んだ。

従業員はすべて連行し、荒らされた部屋の捜索も行ない、必要な証拠資料は確保した。

村越が入手したハードディスクは、すぐに栃木県警のサイバー班で解析された。そこにはＡＨＣの取引履歴のみならず、羽佐間恵津子や倉地貴成、登坂輝文との通信記録も残っていた。

その中に、田子のメールや、電話での音声記録も残されていた。

三輪谷は、トラブルを想定し、自分の身を守る情報として、すべてを保管していたと思われる。

登坂の証言で、田子がAHCをビットコインに換えさせ、その資金を奪取して逃走しようとしていたことも判明した。

祐妃は平林と一計を案じた。

田子に、三輪谷が証拠を隠しているという情報を流し、逃走を阻止するとともに、言い逃れできない状況を作ったのだ。

祐妃は捜査員に命じて、室内を片づけさせ、従業員を装わせて、平林から田子に連絡してもらった。

はたして、田子は目論見《もくろみ》通り、アップルハウスファンドへのこのこと現われた。

「田子さんが知らない警察官を集めて、配置していました。あなたが三輪谷の残した証拠を取りに来ると思いまして」

「当たり前だ！　連中に証拠を消されちゃ一大事だからな」

「消したかったのは、田子さんでしょう？」

祐妃が見据えた。

「登坂輝文がすべてを自供しました。あなたがAHC取引に深く関与していたこともわかっています」

「それは潜入のためだ。おまえらみたいな上は現場にいないからわからねえだろうが、情報を取るには、不法行為もいとわず、対象に近づかなきゃならねえこともある」

「そうですか。では、そのハードディスクを渡してください。私のところで分析しますので」

祐妃が言う。

田子の顔が引きつる。田子は祐妃を見つめたまま、ゆっくりと立ち上がった。右ポケットに手を入れ、ハードディスクを出す。

祐妃が右手を伸ばした。

と、田子はハードディスクを床に投げつけた。枠が歪《ゆが》む。さらに田子は、ハードディスクを踏みつけた。

「田子さん！　何をするんですか！」

「これは俺が不法行為で集めた情報だ。証拠として使えねえだろ」

田子は力任せに踏みつける。

「現場の苦労もコンプライアンスの一言で違法にされる。こっちは命懸けで捜査してるのによ。やってられるか！」

ネジが飛び、中のディスクがひしゃげた。

「あとは、てめえらで勝手にやれ」

田子が部屋から出ようとする。吉村が腕を握った。

「放せ！」

田子は腕を振り、吉村を睨《にら》んだ。が、吉村は放さない。

「田子さん。憤ったふりをしても無駄ですよ」

「逮捕でもなんでもすればいいだろうが」

「そうします。吉村君」

祐妃が吉村を見やる。吉村は手錠を出し、田子の両手首にかけた。

「そうだ、田子さん。あなたが今目の前で壊したハードディスクですが、何も入っていませんよ」

祐妃が笑みを覗《のぞ》かせた。

田子が片眉《かたまゆ》を上げて睨む。

「三輪谷のハードディスクは、私たちがとっくに確保し、解析済みです。あなたとのやり取りもすべて残っていました。音声記録も」

祐妃は顔を近づけた。

「きっちりと告発させていただきます」

田子を睨み返す。

田子はなおも睨んでいた。吉村が部屋から連れ出す。玄関ドアの近くには、平林が立っていた。

「田子さん、残念です」

平林が険しい表情で見つめる。

「なぜ、俺のようなヤツが出ちまうのか、少しぐらい考えろ」

田子は吐き捨て、連行されていった。

祐妃はその様を見て、ため息をついた。

と、電話が鳴った。部屋の隅に行って、スマートフォンのディスプレイを見る。

沢村からだった。電話に出る。

「どう？」

――話はまとまりましたよ。

「そう、ありがとう。和嶋理事長には、捜査員を向かわせると伝えておいて」

――羽佐間恵津子と倉地貴成はどこですか？

「羽田《はねだ》へ向かっているという報告が入ってる。三輪谷の件がニュースで流れたから、逃亡しようとしているようね」

――オレも行っていいですか？　カタが付く瞬間は確認しておきたいもので。

「いいけど、邪魔はしないでよ」

――わかってます。

沢村は電話を切った。

祐妃はスマホを見つめ、ふっと微笑んだ。

7

羽佐間恵津子は羽田空港の一階でタクシーを降りた。荷物は、小さなボストンバッグ一つだけ。

サングラスをかけ、帽子を被《かぶ》っている。庇《ひさし》で顔を隠し、急ぎ足で三階の国際線出発ロビーへ向かう。

ロビーのイスに倉地を認めた。倉地は立ち上がり、恵津子に駆け寄った。

「間に合ったな」

「何があったの？」

恵津子は三輪谷の件を訊《き》いた。

「詳しいことはわからん。サンフランシスコ行きのチケットが取れた。今はともかく、日本を出るに限る。急ごう」

倉地が恵津子のバッグを持つ。

そこにスーツ姿の男女が五名駆け寄った。二人を取り囲む。

「羽佐間恵津子、倉地貴成ですね」

斉木が訊いた。

二人は答えない。

「詐欺容疑、また暴力団排除条例の利益供与違反の疑いで逮捕状が出ています。ご同行を」

斉木が言う。

「身に覚えがありません」

恵津子はサングラスの奥から斉木を睨み、チェックインカウンターへ向かおうとする。

女性捜査員が恵津子の手首を握った。

「放しなさい！」

恵津子は振り払い、女性捜査員を睨みつけた。

「私が誰かわかっていての暴挙かしら？　私に無礼な真似をすれば、あなたなど――」

「はいはいはい、ちょっと待ってください」

沢村が手を打ちながら近づいた。

捜査員たちが鋭い視線を向ける。が、斉木は沢村だということに気づき、敬礼をした。他の捜査員も驚き、斉木に倣った。

「ご苦労さん」

斉木の二の腕を軽く叩《たた》き、恵津子の前に出た。恵津子は堂々と現われたわりに、にやついた面の沢村を前にし、たじろいだ。

「何、あなた……」

「羽佐間さん。今、あなた、うちの女性捜査員に、あなたなど簡単にクビにできると言いかけたでしょう？」

「そんなことは言っていません」

「いや、いいんですよ。あなたの後ろには稀代《きたい》のフィクサー、荒垣泰四郎が付いていることはわかっていますから」

沢村が言う。

恵津子は戸惑いを見せたが、少しして、口元に余裕がにじみ出た。

「だとしたら、どうだというの？」

勝ち誇ったような笑みを覗かせる。隣にいた倉地も片笑みを浮かべた。

「その荒垣氏ですが、近いうちに告発されるようですよ。日経同に」

沢村の言に、恵津子が絶句した。倉地も蒼《あお》ざめる。

「日経同の賢明な経営者のみなさんは、日本経済の健全化のために立ち上がりました。今回は、荒垣氏といえども、逃げ切れないかもしれませんね。どう振る舞うべきか。経済に精通した羽佐間さんでしたら、言わずもがなでしょう」

そう言い、沢村は胸ポケットから名刺を出した。恵津子に見せる。

日本経済同盟機構理事長という肩書の入った和嶋の名刺だった。

この名刺は、和嶋が、自分の認めた特定の者にしか渡さないものだ。

恵津子の肩が落ちた。

沢村は振り返り、斉木を見た。

「あとはよろしく」

肩を叩いて、背を向け、その場を去る。

「お連れして」

斉木が言う。男性捜査員が恵津子と倉地を促し、空港を出て行く。

「斉木さん、あの人、誰ですか？」

女性捜査員が沢村を見やった。

「詳しくはわからないが、僕らが知らない警察関係の凄《すご》い人のようだ」

斉木は答え、沢村を見送った。

エピローグ

沢村たちは、吉祥寺のアジトで宴会を開いていた。リビングのテーブルには、ケータリングの料理が並び、ビールや日本酒、ウイスキー、ワインの瓶も置かれている。

「では、みなさん。改めて、お疲れさんでした。乾杯！」

沢村がワインボトルを持ち上げた。光野はジュースの入ったコップをかざす。

村越は日本酒の三合瓶を、飛花はウイスキーのボトルを持って、コップと合わせた。

「さあ、今日が四人集まる最後の日です。大いに食べ、大いに飲みましょう！」

沢村は言い、自分もワインボトルを傾け、飲み始めた。

事件はすべて片づいた。

光野が解析した登坂のハードディスクのデータや村越が三輪谷から預かったデータの分析で、アップルハウスファンドを舞台とした巨額のマネーロンダリングの実態は解明された。

羽佐間恵津子の証言で、アップルハウスファンドの設立資金は、荒垣泰四郎の隠し資産であることがわかった。

荒垣は、恵津子を通じて、三輪谷に会社を起業させ、AHCという仮想通貨を立て、ビットコインやイーサリアムに換えることで、隠し金の洗浄を行なっていた。設立資金の二百億円は、荒垣の裏金を日経同の会員企業に振り分け、アップルハウスファンドに提供させたものだった。複数の企業が設立したものという体を作りたかったようだ。

また、その後も日経同の会員企業にAHCに投資させ、裏金を増やしている。荒垣は、仮想通貨取引で得た利益の五パーセントを、恵津子を通じて自分に上納させていた。

日経同の和嶋以下、理事たちが、沢村の提案に乗って荒垣の告発を決めたのも、永遠にむしり取られかねない背景があったからだった。

日経同の企業からは、次々と荒垣の不正に関しての情報が提供され、検察がまもなく、荒垣の逮捕に踏み切る予定だという話も聞こえてきた。

恵津子が証言したのも、荒垣を死に体とみたからだった。恵津子は三輪谷が亡くなったのをいいことに、周囲の人間を売り、自分に都合のいいよう立ちまわっているという。

それは倉地、登坂も同じだ。他の者に罪を擦《なす》りつけるため、暴露合戦の様相を呈していた。

田子がAHCの取引に絡んだのは、アップルハウスファンドが設立されて間もなくのことだったようだ。

鼻が利く田子は、三輪谷と、荒垣の右腕と言われる恵津子が絡んでいることに目を付け、金の臭いを嗅《か》ぎ取り、近づいた。

その後、三輪谷と恵津子、倉地や登坂を、警察の権力をちらつかせて脅し、利益を掠《かす》め取っていたそうだ。

そうした背景はすべて、三輪谷が遺《のこ》したデータや他の者たちの証言から判明しているが、田子は黙秘を続けているという。

一方、警察庁は、暴力団のフロント企業による詐欺、資金洗浄に現職の警察官が関わっていたことを重く見て、綱紀粛正の徹底を図っている。

そうした流れの中、沢村たちの活動は、一部の者の間だけで秘匿された。

ともかく、アップルハウスファンドを取り巻く事件が解決を見たことで、沢村たちはお役御免となった。

本来なら、ここで解散となるわけだが、沢村と飛花には、もう一つの目的がある。

光野がマイニングして貯《た》めているビットコインの奪取だ。

一時期の仮想通貨取引の過熱ぶりは終わり、値は下がり始めているが、今でも数億円の価値はある。

沢村は、光野が寂しがるからという理由で、宴会を開いた。村越は言葉通りに受け取っている。

しかし、沢村と飛花にそんな情はない。

沢村は光野に近づいた。肩を抱き、引き寄せる。

「おいおい、ジュースばっかじゃつまらないだろう」

「僕、飲めないんです」

「大人だろ？　少しは飲めないと、人生損するぞ。ほら、これ飲めよ」

沢村は光野のコップにワインを注いだ。

「いや、ちょっと――」

「ワインなんて、ぶどうジュースみたいなもんだ。飲んでみろって」

沢村はコップをつかんで、光野の口に押しつけた。そのまま無理やり傾ける。

光野はあっぷあっぷし、口辺からこぼしながらも、ワインを飲んだ。たちまち真っ赤になる。

「おー、いい飲みっぷりだ。ほら、もう一杯」

沢村はワインを注いだ。

「おい、詐欺師。飲めねえヤツに無理やり飲ますんじゃねえ」

村越が睨《にら》む。

「まあまあ、いいじゃないですか。酒の楽しみも知らなきゃ。それより、村越さん、ペースが遅いですね。弱くなったんじゃないですか？」

「バカみてえに飲まなくなっただけだ」

「よく言うよ。歳なら歳って認めたらどうだい。じじいはじじいだからね」

「なんだと、ばばあ！」

「あ？　ふざけんじゃないよ」

飛花が気色ばむ。

「勝負してみな、じじい」

「やってやるよ、ばばあ！」

飛花と村越は、未開栓の一升瓶を持った。蓋《ふた》を開ける。

「二人とも、やめてくださいよ」

光野がとろんとした目で止めようとする。

「やらしときゃいいよ。ほら、おまえももう少し飲めるようになれ。乾杯だ」

ワインの入ったコップにボトルを当てる。

沢村がワインを飲む。光野も仕方なくワインを飲んだ。

目の前では、飛花と村越が飲み合いを始めている。

沢村はにやりとした。


夜も更けた頃、光野はソファーに、村越は床で大の字になり、寝息を立てていた。

沢村と飛花も酔って倒れたふりをしていた。が、光野と村越が寝入ったのを認め、むくっと身を起こした。

飛花と見合って頷《うなず》き、足音を立てないようにリビングを出て、二階へ上がる。

そっと光野の部屋に入った。

「詐欺師、どれだい？」

飛花が言う。

「目の前にある机の右端のデスクトップだ」

沢村が言うと、飛花は忍び足でデスクに近づいた。

「飛花さん、本当に換金できるんだな？」

「ああ。凄腕《すごうで》に頼む。データ抜いたら、あっという間に売っちまうよ。ただ、手数料がかかるから、取り分は三分の一。七千万くらいにしかならないけどね」

「それだけありゃ、十分」

沢村は親指を立てた。

二人は、ビットコインのデータが入ったハードディスクを持ち出して、それ自体を換金するつもりだった。

飛花はロックに売りつけようと思っていた。面倒な相手ではあるが、確かな仕事には金払いもいい。

取引の場には沢村も立ち会い、その場で二人の口座に金を振り込ませる予定だった。

飛花はデスクトップをそろそろと机の手前に引き寄せた。あとはケーブルを抜いて箱を開け、ハードディスクを取り出すだけだ。

飛花がサーバーに繋《つな》がっているケーブルを抜いた。

瞬間だった。

サイレンが鳴り響き、赤と青の回転灯が回り始めた。

沢村と飛花は驚いて、身を強《こわ》ばらせた。

下から足音が聞こえてきた。沢村たちはいったん外に出て、二階の奥の部屋から出てきたように装った。

「どうしたんだ！」

村越だった。

「いや、わからん！」

沢村はそらとぼけ、村越と共に光野の部屋に駆け込んだ。様子を見るふりをして机に近づき、引っ張り出したデスクトップを押し戻す。

飛花も遅れて、部屋へ入ってきた。

「どうなってんだい？」

「いや、わからない」

沢村は飛花の顔を見て、小さく頷いた。

光野がふらつきながら、二階へ上がってきた。

「おい、どうなってんだ、光野！」

沢村は驚いた様を装い、光野に駆け寄った。

光野は回転灯を見て、頷いた。まっすぐデスクトップに近づき、引っ張り出す。そして、抜けたケーブルを繋いだ。

　サイレンは鳴り止み、回転灯は止まった。

「すみません。防犯装置が作動したんです」

「そんなもん、つけてんのか？」

「ええ。マシンを盗まれちゃ困るんで。ランプの点《つ》き方で、どこのマシンがいじられたかがわかるんです。マイニングに使ってたマシンでしたね」

「誰がいじったってんだ」

　村越が訊《き》く。

「それは、録画した映像を見れば――」

「あー、光野！　このマシンには、ビットコインが入ってたんじゃないか？」

　沢村があわてて割って入った。

「本当かい！」

　飛花がとぼける。

「ええ。でも、なくなっちゃったでしょうね」

「なくなったって？」

「マシンが盗まれた時のことを考えて、防犯装置を外さず、ケーブルが抜かれたら、ハードディスクのデータは自動消去されるよう、設定していたんですよ」

「なんだって！」

沢村は思わず声を上げた。

それを聞いて、飛花は小さく顔を振り、一足先に部屋の外に出た。

「なんだ、詐欺師」

村越が怪訝《けげん》そうに見つめる。

「いや、前に聞いた時、数億円分のビットコインがあると言っていたもんで」

「数億が吹っ飛んだのか！」

村越は目を丸くした。

が、光野は笑っていた。

「いいんですよ。僕はコインを掘るのが楽しいだけですから」

「欲のねえヤツだな」

村越が笑う。

「目が覚めちまったな。飲み直すか」

村越は言い、部屋を出た。

「僕ももう少し、飲んでみようかな。気分悪いけど、ワインておいしいですから。沢村さん、付き合ってください」

「ああ、いいよ」

沢村はぎこちない笑みを返した。

部屋を出る。外にいた飛花に近づく。

「録画された映像、どうします？」

「バレたってかまわねえよ。もう金はないんだから」

飛花は不機嫌そうに階段を下りた。

光野が出てくる。

「行きましょう」

ドアが閉まっていく。

沢村はドアのわずかな隙間に覗く、数億円が詰まっていたはずのデスクトップを未練がましく見つめ、がくんと肩を落とした。

本作は、「小説 野性時代」二〇一八年四月号から二〇一九年三月号まで連載された「ＭＩＸ 幻金凶乱」を文庫化にあたり、加筆、改題しました。

本書は、フィクションであり、登場する人物名、団体名など全て架空のものであり、現実のものとは一切関係ありません。

警《けい》視《し》庁《ちょう》特《とく》例《れい》捜《そう》査《さ》班《はん》

幻金凶乱《げんきんきょうらん》

矢《や》月《づき》秀《しゅう》作《さく》

令和元年 8月25日　初版発行

発行者●郡司 聡

発行●株式会社KADOKAWA
〒102-8177　東京都千代田区富士見2-13-3
電話　0570-002-301（ナビダイヤル）

角川文庫 21761

印刷所●旭印刷株式会社
製本所●株式会社ビルディング・ブックセンター

表紙画●和田三造

◎本書の無断複製（コピー、スキャン、デジタル化等）並びに無断複製物の譲渡および配信は、著作権法上での例外を除き禁じられています。また、本書を代行業者等の第三者に依頼して複製する行為は、たとえ個人や家庭内での利用であっても一切認められておりません。
◎定価はカバーに表示してあります。

●お問い合わせ
https://www.kadokawa.co.jp/（「お問い合わせ」へお進みください）
※内容によっては、お答えできない場合があります。
※サポートは日本国内のみとさせていただきます。
※Japanese text only

©Shusaku Yazuki 2019　Printed in Japan
ISBN 978-4-04-108418-2　C0193

◇◇◇

角川文庫発刊に際して

角　川　源　義

第二次世界大戦の敗北は、軍事力の敗北であった以上に、私たちの若い文化力の敗退であった。私たちの文化が戦争に対して如何に無力であり、単なるあだ花に過ぎなかったかを、私たちは身を以て体験し痛感した。西洋近代文化の摂取にとって、明治以後八十年の歳月は決して短かすぎたとは言えない。にもかかわらず、近代文化の伝統を確立し、自由な批判と柔軟な良識に富む文化層として自らを形成することに私たちは失敗して来た。そしてこれは、各層への文化の普及滲透を任務とする出版人の責任でもあった。

一九四五年以来、私たちは再び振出しに戻り、第一歩から踏み出すことを余儀なくされた。これは大きな不幸ではあるが、反面、これまでの混沌・未熟・歪曲の中にあった我が国の文化に秩序と確たる基礎を齎らすためには絶好の機会でもある。角川書店は、このような祖国の文化的危機にあたり、微力をも顧みず再建の礎石たるべき抱負と決意とをもって出発したが、ここに創立以来の念願を果すべく角川文庫を発刊する。これまで刊行されたあらゆる全集叢書文庫類の長所と短所とを検討し、古今東西の不朽の典籍を、良心的編集のもとに、廉価に、そして書架にふさわしい美本として、多くのひとびとに提供しようとする。しかし私たちは徒らに百科全書的な知識のジレッタントを作ることを目的とせず、あくまで祖国の文化に秩序と再建への道を示し、この文庫を角川書店の栄ある事業として、今後永久に継続発展せしめ、学芸と教養との殿堂として大成せんことを期したい。多くの読書子の愛情ある忠言と支持とによって、この希望と抱負とを完遂せしめられんことを願う。

一九四九年五月三日

角川文庫ベストセラー

スティングス 特例捜査班　矢月秀作

首都圏を中心に密造銃を使用した連続殺人事件が発生した。警視庁の一之宮祐妃は、自らの進退を賭けて、ある者たちの捜査協力を警視総監に提案。一之宮と集められた4人の男女は、事件を解決できるのか。

鳥の森　矢月秀作

椎堂圭佑は、エリート養成が目的の全寮制高校を脱寮した少年の自殺を未然に防ぎ、立ち直らせた。だが高校にもどった少年は寮生たちに殺害されてしまう。椎堂は少年のため事件の解明に奔走するが……。

未来形J　大沢在昌

その日、四人の人間がメッセージを受け取った。四人はイタズラかもしれないと思いながらも、指定された公園に集まった。そこでまた新たなメッセージが……差出人「J」とはいったい何者なのか？

秋に墓標を　(上)(下)　大沢在昌

都会のしがらみから離れ、海辺の街で愛犬と静かな生活を送っていた松原龍。ある日、龍は浜辺で一人の見知らぬ女と出会う。しかしこの出会いが、龍の静かな生活を激変させた……！

魔物　(上)(下)　大沢在昌

麻薬取締官・大塚はロシアマフィアと地元やくざとの麻薬取引の現場を押さえるが、運び屋のロシア人は重傷を負いながらも警官数名を素手で殺害し逃走。その超人的な力にはどんな秘密が隠されているのか？

角川文庫ベストセラー

ブラックチェンバー　大沢在昌

警視庁の河合は〈ブラックチェンバー〉と名乗る組織にスカウトされた。この組織は国際犯罪を取り締まり奪ったブラックマネーを資金源にしている。その河合たちの前に、人類を崩壊に導く犯罪計画が姿を現す。

命で払え　アルバイト・アイ　大沢在昌

冴木隆は適度な不良高校生。父親の涼介はずぼらで女好きの私立探偵で凄腕らしい。そんな父に頼まれて隆はアルバイト探偵として軍事機密を狙う美人局事件や戦後最大の強請屋の遺産を巡る誘拐事件に挑む！

毒を解け　アルバイト・アイ　大沢在昌

「最強」の親子探偵、冴木隆と涼介親父が活躍する大人気シリーズ！　毒を盛られた涼介親父を救うべく、東京を駆ける隆。残された時間は48時間。調毒師はどこだ？　隆は涼介を救えるのか？

王女を守れ　アルバイト・アイ　大沢在昌

冴木涼介、隆の親子が今回受けたのは、東南アジアの島国ライールの17歳の王女の護衛。王位を巡り命を狙われる王女を守るべく二人はある作戦を立てるが、王女をさらわれてしまい…隆は王女を救えるのか？

諜報街に挑め　アルバイト・アイ　大沢在昌

冴木探偵事務所のアルバイト探偵、隆。車にはねられ気を失った隆は、気付くと見知らぬ町にいた。そこには会ったこともない母と妹まで…！　謎の殺人鬼が徘徊する不思議の町で、隆の決死の闘いが始まる！

角川文庫ベストセラー

誇りをとりもどせ
アルバイト・アイ
大沢在昌

莫大な価値を持つ「あるもの」を巡り、右翼の大物、ネオナチ、モサドの奪い合いが勃発。争いに巻き込まれた隆は拷問に屈し、仲間を危険にさらしてしまう。死の恐怖を越え、自分を取り戻すことはできるのか？

最終兵器を追え
アルバイト・アイ
大沢在昌

伝説の武器商人モーリスの最後の商品、小型核兵器が行方不明に。都心に隠されたという核爆弾を探すために駆り出された冴木探偵事務所の隆と涼介は、東京に裁きの火を下そうとするテロリストと対決する！

生贄のマチ
特殊捜査班カルテット
大沢在昌

家族を何者かに惨殺された過去を持つタケルは、クチナワと名乗る車椅子の警視正からある極秘のチームに誘われ、組織の謀略渦巻くイベントに潜入する。孤独な潜入捜査班の葛藤と成長を描く、エンタメ巨編！

解放者
特殊捜査班カルテット2
大沢在昌

特殊捜査班が訪れた薬物依存症患者更生施設が、何者かに襲撃された。一方、警視正クチナワは若者を集めたゲリライベント「解放区」と、破壊工作を繰り返す一団に目をつける。捜査のうちに見えてきた黒幕とは？

十字架の王女
特殊捜査班カルテット3
大沢在昌

国際的組織を率いる藤堂と、暴力組織〝本社〟の銃撃戦に巻きこまれ、消息を絶ったカスミ。助からなかったのか、父の下で犯罪者として生きると決めたのか。行方を追う捜査班は、ある議定書の存在に行き着く。

角川文庫ベストセラー

軌跡　今野　敏

目黒の商店街付近で起きた難解な殺人事件に、大島刑事と湯島刑事、そして心理調査官の島崎が挑む。（「老婆心」より）警察小説からアクション小説まで、文庫未収録作を厳選したオリジナル短編集。

熱波　今野　敏

内閣情報調査室の磯貝竜一は、米軍基地の全面撤去を前提にした都市計画が進む沖縄を訪れた。だがある日、磯貝は台湾マフィアに拉致されそうになる。政府と米軍をも巻き込む事態の行く末は？　長篇小説。

陰陽　鬼龍光一シリーズ　今野　敏

若い女性が都内各所で襲われ惨殺される事件が連続して発生。警視庁生活安全部の富野は、殺害現場で謎の男・鬼龍光一と出会う。祓師だという鬼龍に不審を抱く富野。だが、事件は常識では測れないものだった。

憑物　鬼龍光一シリーズ　今野　敏

渋谷のクラブで、15人の男女が互いに殺し合う異常な事件が起きた。さらに、同様の事件が続発するが、その現場には必ず六芒星のマークが残されていた……警視庁の富野と祓師の鬼龍が再び事件に挑む。

豹変　今野　敏

世田谷の中学校で、3年生の佐田が同級生の石村を刺す事件が起きた。だが、取り調べで佐田は何かに取り憑かれたような言動をして警察署から忽然と消えてしまった――。異色コンビが活躍する長篇警察小説。

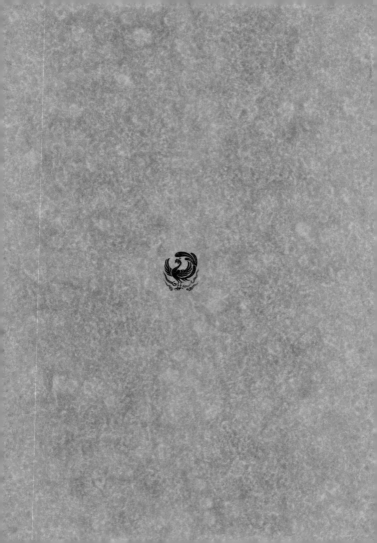